# 언어가 숨어 있는 세계

# 언어가 숨어 있는 세계

언어치료사가 쓴
말하기와 마음 쌓기의 기록

김지호 지음

한겨레출판

### 일러두기

이 글에 등장하는 아이들의 이름은 사생활 보호를 위해 모두 익명 처리했으며,
특정 인물을 연상할 수 있는 일화 역시 수정하여 사실과 차이가 있음을 알립니다.

# 프롤로그

이 이야기에는 제가 2007년 가을부터 2022년 겨울까지 만났던 아이들이 등장합니다. 저는 풋내기 치료사였고 아이들은 대부분 장애 등록을 마친 상태였습니다.

보통의 언어치료 수업은 치료실에서 이루어지지만 저는 가정 방문 언어치료사였기에 아이들이 사는 집 혹은 보육 시설로 찾아갔습니다. 그것은 행운이었습니다. 집은 반듯한 명사로 채워졌으며 놀이터에는 땀내 나는 동사가 가득하고 공원에는 바스락거리는 형용사가 숨어 지낸다는 사실을 알게 되었으니까요. 우리는 종이접기를 하며, 놀이터에서 신체 놀이를 하거나 공원을 산책하며 많은 말을 배울 수 있었습니다.

저는 어렸을 때 하고 싶은 말이 많았습니다. 궁금한 것도 많아서 어른들에게 (너무 자주) 물어보거나 또래와 (누구 말이 맞나) 말싸움을 벌이기도 했어요. 하지만 그때는 평범한 아이들이 그렇듯 정말로 하고 싶은 말이 무엇인지 몰랐습니다.

이상한 일이지만 그런 말들은 항상 말하지 않는 순간을 요구했습니다. 말을 멈추었을 때 '정말 내가 원하는 말'은 선명해졌습니다. 나이가 좀 더 들며 내가 하고 싶은 말이 무엇인지 더 잘 알게 되었지만, 한편으론 신중해져 혼자가 아닐 때면 그 말을 할 수 없었습니다. 그렇게 사람에게 전해지지 못한 말들은 점점 가슴에 쌓여 무언가를 쓰지 않으면 쓸쓸하고 안타까워지는 그런 어른이 되고 말았어요.

언어치료사 생활을 하면서, 특별한 아이들 앞에서 마음속 말을 하는 저를 발견했습니다. 그동안 미루어진 성장을 경험하는 기분이었습니다. 저도 아이들에게 도움이 되고 싶었습니다. 그래서 실현 가능성을 떠나, 이 아이들이 평범한 아이들처럼 재잘댈 수 있기를 바라며 언어치료 수업을 했습니다. 직업인이기 이전에 한 사람의 어른으로서 당연히 그래야 한다고 생각했습니다.

물론 한계는 있어서, 여전히 자기 감정이나 생각을 전달하기 어려운 아이들이 많았지만 그럴수록 누군가 자기 말에 귀 기울이고 있다는 메시지를 전해주려고 애썼습니다. 몇 가지 원칙을 세우고, 아이들의 특성을 파악하여 현실적인 목표를 수립하는 일. 가정에 필요한 것을 찾아 전달하고 양육자를 지지하는 일. 이런 것들을 늘 염두에 두었지만 실제로 잘 수행해냈는지는 모르겠습니다.

허점투성이였던 순간을 떠올리며 계획서를 점검하고 일지를 썼습니다. '내가 잘하고 있는 건가. 치료사(혹은 재활사)가 본래 해야 할 일을 제쳐두고 비과학적인 방식으로 시간을 낭비하고 있는 건 아닐까' 하는 불안은 늘 저를 따라다녔습니다. 성과는 과정에서 나오고 나름 그 과정에 충실했다고 스스로 평가하면서 그 순간을 견뎠습니다. 지금은, 우리가 즐거운 시간을 함께했고 그 안에서 많은 말을 서로 배울 수 있었다고 믿고 있습니다.

여기에 실린 글들은 지난 일지에서 꺼낸, 객관적이고자 했으나 주관적일 수밖에 없었을 자기 기록에 가깝습니다. 그 안에 제가 정말 하고 싶었던 말과 아이들이 정말 듣고 싶었던 말이 있었으면 좋겠습니다.

아이들과 함께하는 많은 분들께 마음 깊이 존경하고 지지한다는 말씀을 꼭 드리고 싶었습니다. 고맙습니다.

김지호

# / 차례 /

## 2부 완벽한 소통의 순간



## 3부 우리가 그린 행복의 모양

# 1부 우리에게 언어가 없다면

# 나의 첫 말더듬

어머니는 현관 바로 옆에 있는 서재 방으로 나를 안내했다. 한쪽에 철제 테이블 스탠드가 고정된 사무용 책상이 놓인 이곳이 앞으로 수야와 내가 수업을 진행할 공간이다. 어머니는 자리를 권하고 차 한 잔 내오시더니 내게 서류 봉투를 주신다. 열어 보니 말더듬의 중증도를 검사하는 유창성 검사 결과지이다. 작년 겨울, 더는 안 되겠다 싶어 어머니와 수야는 가까운 대학병원을 방문했다고 한다.

"세 살 때인가, 처음 말을 더듬기 시작했어요. 그땐 그런가 보다 하고 지냈는데 점점 심해지더라고요. 내년이면 초등학교에 들어가야 하는데 이대로는 안 되겠다 싶어서….”

검사 결과대로라면 수야는 ‘중간 정도의 말더듬’에 해당했다.

말더듬은 대개 만 3세 전후로 발생한다. 3분의 2는 저절로 없어지지만 그렇지 않은 아이들은 증세가 심해지면서 발화 자체를 힘들어하게 된다. 벌써 4년이라는 시간이 흘렀으니 그사이 아이도 힘들었겠다 싶다.

“애 아빠도 어려서 말을 더듬었대요. 지금은 괜찮지만, 한때는 그것 때문에 고민이 많았다고 하더라고요.”

가족력이 있을 때는 좀 더 말더듬에 예민할 수 있다. 혹시라도 아이가 말더듬이가 될까 봐 “똑바로 말해 봐” “뭐라고? 왜 말을 더듬어” 하고 지적했을 가능성이 있다. 말더듬의 원인은 아직 밝혀지지 않았으나 위와 같은 비난과 수정 요구가 말더듬을 심화시킨다는 연구 결과가 있다.

어머니께는 놀이 활동을 하며 관찰해보겠다고 말씀드리고 문밖에서 두 어른이 나누는 이야기에 귀 기울이던 아이를 불렀다. 일곱 살 치고는 왜소한 체격이지만 눈빛이 똘망똘망하고 몸집이 돌멩이처럼 다부지다. 한동안 침묵이 흘렀다.

“알까기 할래?”

마침 책상 옆 책꽂이에 있는 바둑판과 바둑알 상자가 보였다. 아이가 대답 대신 고개를 끄덕였다.

"내 이름은 김지호야. 넌?"

돌을 집어 바둑판 위에 올리며 "수, 야, 예요" 한다. 그 밖에도 어느 유치원에 다니는지, 뭘 좋아하는지, 어제는 뭐 했는지 등을 아이에게 물었고 그때마다 아이는 친절하게 대답해주었다. '수업 시간에 알까기라니, 안심해도 되겠어' 하는 표정이다. 나는 아이와 대화를 계속 시도했다. 아이는 목소리가 크고 말 속도가 빨랐으며 그 과정에서 '앗' '음' '엡' 같은 간투사(중간에 끼어드는 의미 없는 소리)가 빈번했다. 예를 들면 이런 식이다.

"아빠랑, 아빠랑 어제는 앗, 음… 탁구 쳤어요. 나 앗, 앗, 탁구 잘 쳐요. 엡, 엡 선생님, 선생님은 탁구, 탁구 쳐요?"

아이는 의자에서 일어나 어떻게 하면 두 개 남은 선생님의 검은 바둑돌을 밀어낼까 궁리하며 이리저리 몸을 꼬았다. 놀이에 집중하느라 자기 말더듬을 의식하지 않는 듯했다. 그러나 '왜?' 혹은 '어떻게?'라는 질문을 받았을 때, 즉 길게 무언가를 설명해야 할 때는 눈치를 보거나 회피하는 태도를 보였다. 특정 낱말을 다른 말로 대체한다는 점이 특히 인상적이었다. '화장실'을 "손 닦는 데 있잖아요"라고 하거나 '연필'을 "그거요.

이렇게 하는 거요(글씨 쓰는 시늉)"라고 했다.

수야는 아는 낱말임에도 연상하여 표현하는 데 어려움을 보였다. 머릿속에 떠오른 낱말을 소리로 구성하는 게 어렵거나 첫소리에서 막히는 바람에 다른 말로 우회하는 것 같았다.

어머님으로부터 전달받은 평가지를 참조하여 다음과 같이 수업 계획을 세웠다.

**첫째, 편안하게 말 시작하기**

**방법 1 첫소리 연장**

말더듬이 진행된 아이들은 공통적으로 첫소리를 부드럽게 시작하는 데 어려움이 있다. 수야도 예외는 아니었다. 말더듬 치료 자료를 찾다가 첫소리를 늘려서 발성하면 효과적이라는 걸 알게 되었다. 이를테면 '가방' '가구' '가족'과 같은 낱말의 첫소리를 늘려서 '가~ 방' '가~ 구' '가~ 족' 같이 발음하는 식이다.

**방법 2 'ㅎ' 음으로 시작하는 낱말 말하기**

말을 더듬는 아이들은 성대(목에 있는 발성 기관. 브이 자 모양으로 벌어진 한 쌍의 성대는 빠른 속도로 붙었다 떨어지기를 반복하면서 음파를 발생시킨다)에 힘을 주어 쥐어짜면서 소리 내는 경향이 있다. ‘ㅎ’은 성대가 열린 상태로 내는 무성음이면서 소리가 막히지 않는 마찰음이기에 이런 습관을 완화하는 효과가 있다. 이를테면 ‘하수도’ ‘호떡’ ‘헬리콥터’ 같은 낱말을 포함하는 구절, 문장을 말하는 식이다.

## 둘째, 말 속도 조절하기

### 방법 1 두드리면서 말하기

말더듬 아이들은 말 속도가 빠른 편이다. 이를 조절하기 위해 박자에 맞춰 읽기·말하기 활동을 했다. 손으로 일정한 속도로 탁자를 두드리며 박자를 조절했다.

### 방법 2 메트로놈 속도에 맞추어 말하기

똑딱똑딱 소리에 맞춰 평소보다 느리게 말하기, 점점 빠르게 혹은 점점 느리게 말하기와 같이 말 속도 조절하기를 연습했다.

### 방법 3 쉬면서 말하기

말더듬 아이는 한 호흡에 너무 많은 말을 하려는 경향이 있다. 이에 말 중간에 쉴 곳을 정하고 말하는 연습도 병행했다.

### 셋째, 낱말 연상하기

낱말이 잘 생각나지 않으면 긴장하게 되고 그러면 낱말을 떠올리기보다 긴장하는 상황 자체에 압도되면서 말을 더듬게 되는 경우가 많다. 물건을 어디에 두었는지 잘 생각이 안 날 때, 찾는 물건에 집중하지 못하고 물건을 못 찾는다는 생각에 사로잡혀 쩔쩔매는 식이다.

수야와는 연상 게임을 통해 어떤 음, 또는 어떤 모양, 또는 특정 의미의 낱말을 연상하는 연습을 했다. 스피드 퀴즈(설명 듣고 낱말 말하기), 가로세로 낱말 퍼즐, 특정 범주(동물-과일-의류 등)·특정 모양(동그란 것-네모난 것-세모난 것 등)·특정 음소(기역으로 시작하는·끝나는 말, 받침이 있는 말 등)의 낱말 이름 대기 등이 바로 그런 활동이었다.

### 넷째, 대화 스트레스 줄이기

수야는 수업을 시작할 때 많이 더듬다가 시간이 지날수록 유창해졌다. 또한 예기치 못한 질문을 받았을 때, 당황하면서 말더듬이 강화되는 측면이 있었다. 말하기 자체에 중압감을 느낀다는 뜻으로 낯선 사람·상황에서 더 자주 말을 더듬을 가능성이 있었다. 수업 상황에서 질문하기-답하기 연습을 함으로써 낯선 사람·상황에서의 대화에 대한 두려움을 줄여주는 것이 효과적이리라는 생각이 들었다. 이에 〈이솝 우화〉 읽고 대화 나누기, 그림 상황 보고 질문–답하기, 원인 찾기–문제 해결법 설명하기 등의 활동을 했다.

그렇게 1년 6개월가량의 시간이 흘렀다. 그동안 말더듬이 완전히 해소되지는 않았으나 전체적으로 상당히 완화되는 결과를 얻었다. 수야는 초등학교에 진학했고 새로운 환경에 진입했음에도 걱정했던 말더듬 악화는 나타나지 않았다.

정상적 비유창성인 낱말 전체 반복(엄마, 엄마, 오늘 학교에, 학교에…)과 간투사(음… 그러니까… 아… 그게)는 여전했지만 병리적 비유창성이라 할 수 있는 말 막힘(가, …방), 첫소리 반복(다, 다, 다, 다람쥐)과 함께 낱말 회피('매미'를 '벌레'로) 같은 현상이 눈에 띄게 감소했다. 이 정도면 말더듬이 소통을 방해하는 일은 없을 거라는 생각이 들었다. 수야 상황을 계속 지켜보면서 악화되면 다시 수업을 진행하기로 했다. 다행히 이후로 연락은 오지 않았다.

언어치료실을 찾아오는 말더듬 사례는 많지 않다. 대개 그러다 말겠지, 하면서 넘기기 쉬운 데다 자연 치유가 많다 보니 그럴 만하다. 그래서인지, 공개된 말더듬 치료 자료를 찾기가 쉽지 않았다. 개론은 있지만 실제로 어떤 자료로 어떻게 수업을 진행해야 할지는 막막했다. 인터넷 등을 통해 아이에게 적용할 만한 기법 들을 찾아다녔다. 해외 말더듬 사이트나 유튜브 등에 올라온 치료 수업 사례는 많은 도움이 되었다. 고백하건대, 수야와의 수업은 내게 첫 번째 말더듬 치료 수업이었다. 다행히 나름의 성과가 있어 치료사로서 자신감을 얻었던 기억으로 남았다.

## 수야에게

말더듬은 항상 첫소리에서 시작하지. 그래서 나는 말더듬이 '언어의 병목현상은 아닐까' 하고 생각한다. 마치 너무 많은 물을 한꺼번에 깔때기에 부으면 죄다 넘쳐서 한 방울도 병 안으로 들어가지 못하는 것처럼. 너무나 많은 말들이 좁은 터널을 통과하면서 생기는 멈춤, 혹은 정체인 셈이지. 물론 신경생리학적으로 이해하려는 학자들도 많아. 하지만 그건 너무 어려운 설명이야. 말더듬을 설명하는 어떤 이론도 아직

입증되지도 않았고. 그런데 수야, 생각해보면 말만 그런 게 아니다.

뭐든 처음이 힘들잖아. 그럴 땐 우리가 그 '처음' 뒤에 줄줄이 세워둔 것들이 무엇인지 한번 생각해볼 일이야. 어서 계산을 마치고 카운터를 통과하기를 바라는 사람들처럼 등 뒤에서 나를 노려보고 있는 그것들 말이야. 혹시 그런 성급함과 중압감이 첫걸음을 힘들게 하는 건 아닐까.

그래서 우린 첫소리를 길게 연장하는 연습을 하고 부드럽게 공기를 내쉬는 연습도 했다. 그 덕분이었을까? 수업 종료 시점에는 네가 낱말의 첫소리를 반복하거나 그 앞에서 망설이는 일이 크게 줄었다. 나는 너무 기뻐서 얼싸안고 춤이라고 추고 싶었지만 너는 이렇게 생각했겠지. '도대체 이 사람은 누군데 우리 집에 와서 알까기를 하고 함께 낱말 퍼즐을 하는 거지?' 하고 말이야.

그리고 이건 비밀인데, 널 처음 만났던 순간 사실은 너만큼이나 나 또한 긴장했었단다. 왜냐하면 말더듬 사례는 네가 처음이었거든. 어떻게 수업을 이끌어가야 할지 걱정이 되어서 밤에 잠도 못 잘 지경이었단다. 허겁지겁 교재며 인터넷 자료 등을 뒤지면서 확신할 수 없는 수업 계획을 세우고 결과를 알 수 없는 방법을 고민했지. 다행히 시간이 흐를수록 네 말 상태가 좋아지면서 그때서야 안도할 수 있었단다. 덕분에 치료사로서 자신감을 얻을 수 있었고. 오늘은 바로 그날들의 결과야. 그런 의미에서 네게 고맙다는 말을 하고 싶었다. 그리고 당부의 말도.

수야, 앞으로 그게 무엇이 됐든 '처음' 앞에서 두려워하지 않는 꿋꿋한 사람으로 살아가길 바란다. 나도 노력할게.

# 우리의 오해

다운증후군 아동은 외관상 눈에 띈다. 내가 만난 아이들은 눈이 가늘고 길며 이마가 넓었고 얼굴과 손발 등이 전체적으로 몽글몽글하며 체구가 작은 경우가 많았다. 비슷한 외모에 비해 언어·인지적 상태는 차이가 매우 컸는데 어떤 아이는 또래와 다름없이 유창하고 대화에 능했으나 어떤 아이는 간단한 낱말 익히기도 힘들어 보였다. 공통적으로 발음이 어눌했고 문장이 짧았으며, 사용하는 어휘가 제한적이었다. 학습에 있어서도 경계에 있거나 지체가 있어 도움이 필요한 친구들이 많았다.

영이는 그중에서도 학습과 언어에 능한 편에

속했다. 고집이 세긴 했지만 평범한 아이들이 그렇듯이 스스로 하고 싶은 마음이 큰 데서 오는 '자기주장'에 가까웠다. 물론 어른 입장에서는 약간의 불편함이 있었다.

예컨대, 수업을 하려면 영이가 지정한 자리에 앉아야 한다. 마주 보아야 할 때가 있고 옆에 앉아야 할 때가 있다. 물론 그건 전적으로 영이의 마음에 달렸다. 수업은 항상 본인이 마음에 들어하는 과제(글자 퍼즐 같은)로 시작해야 하고 수업을 마친 뒤에는 반드시 영이가 전등 스위치를 내려 방을 어둡게 해야 한다. 만약 방이 적당히 어두워지지 않으면 불이 안 꺼진 거나 마찬가지니까 커튼을 꼭 쳐야 한다. 빛의 위치에 따라 색이 변하는 반짝이가 곱게 뿌려진 원피스를 좋아하고 인형 옷 입히기가 취미인 영이는 약속을 중요하게 생각한다. 그래서 수업 시간에 늦거나 이른 시간에 방문하면 그 이유를 설명해야 한다. 영이가 세운 규칙의 세계에서 어른은 예외가 아니다.

우리가 처음 만났을 당시 언어 검사 결과를 보면, 영이는 가족 호칭을 포함하여 네다섯 개의 낱말을 구사했으며 간단한 구어 지시 수행이 가능했다. 3음절 이상 낱말 모방이 어렵고 반복적으로 혀를 내밀었고 잡아끌기 등과 같은 몸짓으로 의사를 표현했다. 전반적으로 16개월 수준으로 진단되었는데 이는 또래보다 9개월가량 지체된 결과였다. 만 2세(24개월)면 보통 수십 개의 낱말을 쓰고 2, 3어절의 문장 표현이 있을 시기였다.

주 양육자인 어머니와 상의하여 다음과 같이 계획을 세웠다.

**첫째, 일상생활에 필요한 명사와 동사 배우기**

집 안에 있는 사물들, 몸과 움직임과 관련한 낱말, 먹는 것, 입는 것, 기타 생활용품 등의 이름을 배우고 표현하는 데 중점을 두었다. 그림카드나 책 같은 시각적 도구를 이용하거나 놀이 상황에서 즉흥적으로 말 표현을 유도하기로 했다.

**둘째, 소리 내기 연습**

습관적인 혀 내밀기 등은 구강 내 기관인 혀 움직임의 의도적 통제에 어려움이 있음을 암시했다. 혀는 자음을 산출하는 데 중요한 역할을 한다. 인위적으로 혀를 밀어서 입 안에 위치하게 한 후 모음 발성하기, '퍼·터·커'와 같은 소리를 내면서 혀의 움직임을 통제하고 조절하는 연습을 하기로 했다.

**셋째, 비구어적 의사 표현 기능 익히기**

말 표현이 어려울수록 문제행동이 일어나기 쉽다. 현재 단계에서 자기 의사를 전달할 대안이 필요했다. 이에 손으로 가리키기, 고개를 젓거나 끄덕이기 등을 통해 대답하기-요구하기-선택하기-거부하기 같은 기본 의사 표현법을 연습하기로 했다.

영이의 방에는 옷가지가 담긴 서랍이 있었고 책상과 장난감들이 있었다. 우리는 그곳에서 양말, 종이, 책, 장갑, 시계, 그림 같은 낱말을 배웠다. 집에서 수업이 이루어지다 보니 순발력을 발휘해야 할 때가 많았다. 장난감을 서랍에 숨겨두고 어디에 있는지 물어보면 영이는 곧장 이곳저곳을 뒤졌다. 나이가 어릴수록 숨기기-찾기를 좋아한다. 때론 뻔히 보이도록 앞에 두고 아이가 손으로 가리키도록 유도하기도 하고 아이 앞을 가로막고 고개를 끄덕이거나 '아·오·애' 혹은 '퍼·터·커' 같은 소리를 내면 지나가게 하기도 했다. 그렇게 40분을 쉴 새 없이 요구하고 관찰하고 반응하다 보면 정신이 쏙 빠진다.

영아기의 아이와 수업할 때는 많은 에너지가 필요하다. 어린아이들은 표정 변화나 말소리 크기, 동작에서 더 많은 정보를 얻기 때문이다. 밋밋한 대응으로는 반응을 이끌어낼 수 없다. 웃고 울거나 과장된 몸짓을 보이고 박수를 치면서 최대한 아이의 집중을 끌어내야 한다.

3~6개월쯤 지나자 영이는 대답하듯이 고개를 끄덕이거나 손으로 원하는 물건이 놓인 방향을 가리킬 수 있었다. 이러한 진전이 문장 이해와 표현으로 이어지기까지는 시간이 좀 더 걸렸다. 다행히 영이와는 10년 가까이 안정적으로 함께 수업을 진행할 수 있었다. 당시 새로 생긴 장애아동 바우처 서비스 덕분이었다. 만 18세까지 장애아동의 치료비를 국가에서 지원해주는 제도이다. 소득수준에 따른 차등 지원이지만 이용자 입장에서 치료비 부담이 부쩍 줄어든다.

영이는 근방에 있는 일반 어린이집에 다녔다. 그러다가 특수학급이 있는 유치원에 갔고 방과 후에는 오후 5시까지 장애아동 전담 기관에서 생활했다. 초등학교는 1년 유예했다가 한 살 늦게 일반학교로 진학했다. 그 후 특수학교로 편입했다.

학령기가 되면 장애아를 둔 부모님 상당수가 일반학교 특수반과 특수학교 사이에서 고민한다. 상담도 많이 요청하는데 아이들 상태가 다 달라서 어떤 곳이 좋다고 딱 꼬집어 말하기가 어렵다. 일반학교 특수반은 구성원에 따라 아이가 잘 적응하기도 하고 그러지 못하기도 한다. 특수학교에서 편하게 생활하는 아이도 있고 정체기를 보내는 아이들도 있다.

그럼에도 장애 판정을 받은 아이들에게는 특수학교 진학을 권한다. 아이들에 맞게 준비된 시설이 있고 전문가 선생님들이 계시기 때문이다. 초중고 교육과정과 사회진출반이 연계되어 있고 최소 12년간 안심하고 학교에 보낼 수 있다는 점도 장점이다.

영이는 운이 좋은 편이었다. 일반학교에서 특수학교로 편입되는 케이스는 매우 드물기 때문이다(경쟁률도 높고 중간에 자리가 나야 한다). 덕분에 영이는 학교에서 제공하는 노란 셔틀버스를 타고 다녔다. 당시 전해 들은 말로는 성격이 밝고 붙임성도 좋아서 선생님들 사랑을 많이 받는다고 했다.

영이가 상급학교에 진학하고 방과 후 시설이 문을 닫으면서 언어치료 수업도 종결하게 되었다. 아쉬워하는 부모님께 아이가 그동안 많이 성장했으며 앞으로 직업훈련 등 영이에게 더 필요한 활동을 계속하시면 좋겠다고 말씀드렸다.

종결 시기, 그러니까 아이와 언어치료 수업을 시작한 지 정확히 10년 후 실시한 언어발달 검사 결과는 다음과 같다.

"어휘력(PPVT) 검사 결과 수용언어 6세 0~5개월, 표현언어 6세 6~11개월 수준으로 나타났으며 조음검사(말소리를 나타내는 구강 내 기관 움직임 검사) 결과 자음 정확도가 81퍼센트로

종성 ㄴ·ㄱ, 초중성 ㄹ 등에서 오류를 보였다. 읽고 쓰기가 가능하고 구어를 통한 일상적인 의사소통에 어려움이 없으나 길고 복잡한 문장을 듣고 이해하는 데 부분적으로 어려움이 있다."

요약하자면 영이는 발음이 안 좋기는 하지만 그동안 가정과 익숙한 공동체 내 생활에 지장이 없을 정도의 언어발달이 이루어졌으며 읽기·쓰기도 가능할 만큼 발전했다. 물론 한계는 있었다. 복잡한 문장의 이해나 다양한 형식의 말 표현은 여전히 어려워해 대화를 하다가 이따금 오해가 발생했다. 그래서 영이 부모님께도 항상 영이와 대화할 때는 분명하고 간단한 문장으로 하시라고 당부드렸다.

돌아보면 영이와의 수업이 순조롭지만은 않았다. 간혹 울며불며 자기가 하고 싶은 대로 하자고 떼를 쓰거나 내가 준비한 활동을 거부했다. 난감한 상황을 반복적으로 접하면서 나는 그 원인이 서로 다른 상황 인식에 있다는 걸 알게 되었다. 대화를 하고는 있었지만 받아들이는 내용은 달랐다는 뜻이다. 어휘 부족과 불완전한 문장 이해 때문이었다.

영이 어머님은 그런 영이를 버거워했다. 느지막이 낳은 늦둥이이다 보니 에너지가 많이 달린다고 말씀하셨다. 의사소통이 불완전한 아이를 앞으로 어떻게 돌봐야 할지 고민이 컸다.

어머니가 내린 결론은 '전문성' 확보였다. 보육교사 자격증 취득을 위해 야간 대학에 다니면서 낮에는 어린이집 보조교사 일을 했다. 그런 이유로 어머니는 늘 바빴다. 가족들의 귀가 시간에 맞춰 영이를 집으로 데려가는 차 안이 유일한 대면 장소처럼 보일 정도였다. 아이를 위한 일을 준비하느라 정작 아이와 함께하는 시간이 부족했다.

언어치료사로서 이 부분을 어떻게 말씀드려야 할지 고민스러웠다. 영유아기에 아이와 질적으로 긴밀한 시간을 갖는 것은 장애 유무를 떠나 매우 중요했다. 하지만 어느 한 사람에게 그 시간을 전적으로 책임지라고 강요해서는 안 된다. 나이 차이가 큰 영이의 오빠와 개인 사업장을 경영하느라 눈코 뜰 새 없이 바쁜 영이의 아버지 사이에서 미래에 닥칠 일에 대비하는 일이 무엇보다 중요했기에 영이 어머니가 내린 결정이었다. 또한 영이에게도 도움이 될 수 있기에 나는 최대한 영이 어머니의 선택을 지지해야 했다.

지금쯤 특수학교 고등부에 다니고 있을 영이는 어머니가 운영하는 어린이집에서 아르바이트를 하고 있을지도 모르겠다. 그런 행복한 상상을 하며 부모의 역할과 치료사로서 해야 할 일에 대해 생각해본다.

## 영이에게

우리가 처음 만났을 때 서너 걸음 걷다가 주저앉기를 반복하던 네 모습이 떠오른다. 너는 입을 열어 '마·음·푸·타' 같은 소리를 냈고 손으로 이것저것 만져보기도 했다. 어머니는 그런 너를 안고 상담했지.

이웃들이 너와 네 가족을 위해 기도하고 막 자리를 뜬 다음이었기에 나는 위로와 희망을 주려고 이런저런 말씀을 드렸다. 예를 들어, 네가 호기심이 많다는 건 의사소통 욕구가 있다는 뜻이고 의지가 있는 아이들은 긍정적인 변화를 보이기 마련이라든가, 습관적으로 혀를 미는 행동은 시간이 흐르면 완화될 가능성이 크며 성장하면서 발성기관에 힘이 붙고 덩치가 커지면 발음도 지금보다는 좋아질 거라는 이야기 말이야.

실제로 너는 1년 만에 낱말을 말할 수 있었다. "이거 히여(싫어)" "빠리(빨리) 하자" 같은 말도 했다. 유치원에 갈 무렵엔 일상적인 말들을 알아듣고 나처럼 낯익은 사람과는 놀이터에서 대화를 나누며 놀 수 있을 정도가 되었고.

난감한 때도 있었다. 언젠가 네가 어린이집 계단에 서서 동네가 떠나가라 울었을 때가 그랬다. 단지 우리가 수업을 마치고 나왔을 때 네가 소등 스위치를 누르지 않았다는 이유에서였다(너는 수업 장소였던 어린이집 별실의 불을 켜고 끄는 걸 좋아했다). 아차 싶었지만 나 역시 자존심이 있었기에 물러서고 싶지 않았다. 우리는 그렇게 온 어린이집을 떠들썩하게 만들며 수십 분을 대치했다. 결국은 네 뜻대로 하게 되었지만. 나는 네가 규칙을 바꿔야 한다고 생각했고 (이제 스위치 끄고 켜기는 그만하기) 너는 선생님이 네가 하고 싶은 일을 가로막았다고 여기는 듯했다. 그때를 떠올리면 한편 사랑스럽기도 하고 한편 네가 앞으로 살아가면서 거치게 될 수많은 오해에 대해 생각하게 된다.

영이야, 말은 항상 어긋나기 마련이란다. 누구나 상대의 뜻을 오해해. 그런 일은 지구 어디에서나 일어나지. 우리도 그런 일을 겪었고 가족들 간에도 그럴 거야. 네 오빠와 아버지와 어머니와도 말이야. 모두 너를 위해 무슨 일이든 할 준비가 되어 있는 분들이지만 말뜻을 이해하지 못해서, 상대의 입장에 서지 못해서 다툼이 생길지도 모른다. 그럴 때면 이렇게 생각했으면 좋겠어.

'나를 혼내려는 게 아니야. 나를 보호하려는 거야. 나를 못 하게 하려는 게 아니야. 더 좋은 결과를 얻게 하려는 거야.'

그리고 하나 더.

영이 넌 이제 곧 고등부를 졸업하고 대학에 가거나 특수학교 사회 준비반에 진학할 테지. 바리스타가 되어 카페에서 일할 수도 있고 요리를 배우거나 그림을 그릴지도 모르겠다. 어머니를 따라 어린이집에서 어린이들을 보살필 수도 있고.

어떤 일을 하든 너와 비슷한 처지에 있는 아이들에게 너처럼 잘 클 수 있다는 희망을 주게 되기를 바란다. 잘할 수 있지?

# 말하기와 믿음 쌓기

우리는 자주 초등학교 앞 놀이터에 갔다. 돌이는 특히 그네타기를 좋아했다.

어느 날엔가 뙤약볕에서 뛰놀던 아이들이 주위로 몰려들었다. 개중엔 돌이의 이름을 부르며 알은체를 하는 아이도 있었지만 돌이는 거들떠보지 않았다. 두 손으로 그네 줄을 꼭 잡고는 몸을 앞으로 기울이며 높이 올라가고 싶어 할 뿐이었다. 나는 그런 돌이의 등을 힘껏 밀며 "등-" 하고 말했다.

그네의 움직임이 잠잠해지면 나는 돌이 앞으로 갔다. 무릎을 꿇고는 아이의 눈을 바라보았다. '어서 나를 즐겁게 해주세요' 하는 간절한 눈빛. 하지만 돌이야, 조건이 있단다. 반드시 내 말을 잘 기억하고 따라 해야 해.

내가 돌이의 배를 가리키며 "배–" 하고 소리를 내자 돌이도 입을 연다. 탁하고 짧지만 원하던 소리가 맞다. 나는 곧바로 약속을 지킨다. 힘껏 그네를 민다. 돌이의 몸이 뒤로 밀리면서 파워레인저 애니멀포스 신발도 지상에서 멀어진다.

그 모습을 지켜보던 한 아이가 "아저씨, 저도 밀어주세요. 아주 쎄게요!" 한다. 돌이보다 키도 크고 말도 잘한다. 나는 고개를 끄덕인다. 돌이에게 먼저 인사했던 그 아이가 원하던 걸 해주기로 한다.

"돌이랑 친해?"

세게, 아주 세게 그네를 밀면서 묻는다.

"아뇨. 돌이가 말을 안 하니까 친할 수 없어요. 그래도 우리가 잘해줘요. 돌이, 귀여워요."

올 3월 초등학교 1학년이 된 돌이는 아직 의미 있는 발화가 없다. 그래서 잘 운다. 기다리는 일에 서툴고 집중이 어렵다. 좋아하는 건 단 음식과 과자, 그리고 지금처럼 놀이터에서 놀이기구에 몸을 맡기는 일이다. 높이 올라갔다가 떨어질 때 돌이는 가장 행복한 표정을 짓는다.

돌이 가족은 다문화 가정이다. 같은 학교에 다니는 초등학생 누나가 있고 갓난아기인 동생이 있다. 어머니는 캄보디아에서 이주했으며 아버지는 프리랜서 프로그래머로 일한다.

돌이의 부모님은 자폐성 장애 진단을 받은 돌이를 위해 언어치료 수업을 원했으며 언어 이외에도 작업치료, 놀이치료 등을 신청했다. 한국어에 서툰 어머니 대신 돌이의 아버지가 상담을 진행했다. 아버지는 아이의 상태에 대해서는 잘 알고 계셨고 어려운 여건이기는 하지만 할 수 있는 일을 하겠다는 의지가 있었다. 나는 미리 전달한 검사지를 통해 돌이의 언어 발달 수준을 확인시켜드렸다. 그리고 앞으로 진행할 언어수업에 대해 다음과 같이 설명드렸다.

**첫째, 구어표현 연습**

아이는 아직 낱말 표현이 없다. 심한 자폐성 장애는 인지 장애를 수반한다. 돌이의 경우 어떻게 말해야 하는지 모른다. 소리를 내려면 음운에 대한 지식이 필요하다. 어떤 소리를 어떻게 낼지 알고 있어야 한다. 그래서 소리를 시각화해서 차이를 변별하고 기억하는 활동과 모방하는 연습을 하겠다고 말씀드렸다.

**둘째, 집중하기-지시 따르기**

여기에서 '지시 따르기'란 상대방의 요구, 즉 손으로 가리키는 것 가져오기, 옮기기, 담기 등을 실행하는 것이다. 그러려면 우선 상대의 말과 행동에 집중할 수 있어야 한다.

**셋째, 비구어적 의사소통 기능 증진**

돌이는 원하는 게 있으면 직접 가서 가져오거나 옆 사람의 손을 붙잡는 식으로 행동한다. 하기 싫은 일이 있으면 자리를 피하거나 운다. 돌이에게 요구하기-거부하기-선택하기 등 기본적인 의사 표현을 소리와 몸짓으로 하게끔 유도하기로 했다.

목표 수준을 낮추더라도 아이가 습득해야 할 최소한의 기능을 연습하는 게 중요했다. 이와 같은 계획하에 1년 6개월가량 진행된 수업에서 우리가 했던 일은 다음과 같았다.

① **불기:** 색종이를 잘게 잘라 테이블 위에 두고 '파' 하는 소리를 낸다. 색종이가 흩어지면 화자는 자신의 발성이 어떤 결과로 이어지는지 시각적으로 확인한다.

② **자기 소리 듣기:** 태블릿을 활용해 아이가 소리 내는 장면을

녹화했다. 여기에는 야외 활동도 포함되었다. 아이와 동영상을 보면서 소리 모방을 연습했다.

③ **놀이터 활동:** 놀이터에서 몸과 움직임에 관련한 낱말을 모방하는 연습을 했다. 소리를 낼 때까지 그네 줄을 잡고 놓아주지 않는다거나 미끄럼틀에서 떨어지기 직전에 "타요" 같은 소리를 내도록 유도했다.

④ **동네 한바퀴:** 편의점에 가서 함께 과자를 샀다. 아이에게 과자를 찾아오게 하거나 돈을 주면서 계산하게 하는 등 상대방의 의도를 파악하고 지시에 따르는 연습을 했다.

⑤ **주거니 받거니:** 순서대로 카드를 내는 활동이다. 10장씩 카드를 나눠 갖고 내가 먼저 카드를 내면 그다음엔 돌이가, 그다음엔 내가 카드를 낸다.

⑥ **그림카드 찾기:** 여러 장의 그림카드 중에서 내가 말하는 카드를 찾는다. 즉, 내가 "돼지" 혹은 "꿀꿀"이라고 말하면 돌이는 소나 닭이 아닌 돼지 카드를 주거나 가리켜야 한다.

⑦ **정오판으로 낱말 익히기:** 동그라미와 가위표가 그려진 판을 각각 만들어서 맞으면 동그라미, 틀리면 가위표를 들게 했다. 예를 들어 돼지 카드를 들고 "멍멍" 소리를 내면 돌이는 가위표를 들어야 한다.

아이는 순한 편이었다. 눈을 잘 맞출 줄 알았고 상대의 표정을 뜯어보며 상황을 파악하려 했다. 반복되는 과제학습에 자리를 피하거나 우는 일이 잦았으나 시간이 지나면서 최소 20분은 앉아 있을 수 있게 되었다.

돌이는 야외활동에 대한 반응이 좋았다. 집에서 5분 거리에 있는 학교 앞 놀이터에 가는 걸 특히 좋아했고, 가는 길에 동네 곳곳 숨은 낱말들을 익힐 수 있었다. 시장 구경도 했다. 채소와 생선의 이름을 들려주고 세탁소를 지나며 아이에게 옷의 종류에 대해 말해주었다. 물론 돌이가 따라 말하는 경우는 없었지만 유심히 설명을 듣는 것만 해도 큰 발전이었다.

골목을 걸어 이동하는 과정도 의미가 있었다. 돌이에게 우리가 가야 할 방향을 손으로 지시하게 한 후 그곳으로 몸을 옮겼다. "집이 어디야?" 하고 물은 뒤 돌이의 손을 잡아 집 방향을 가리키게 하며 "저기"라고 대신 답했다. 돌이는 "어" "으어"와 같이 모방했다. 그렇게 목적지와 집을 오가는 동안 밀도 있는 상호작용의 시간을 가질 수 있었다.

1년 6개월가량 계속되던 수업은 가족의 이사로 종결되었다. 그 무렵 실시한 평가서에는 다음과 같이 기록되어 있다.

"자발화에서 자음 및 모음이 관찰되며 간단한 구어 지시(가져오기·가져가기) 수행 및 모음 수준의 모방이 가능하다.”

작다면 작고 크다면 큰 변화였다. 자폐성 장애는 중증일수록 언어발달이 더디다. 고등 자폐의 경우 수년이 흘렀음에도 제자리걸음처럼 느껴져 보호자나 치료사 모두 지치기 쉽다. 명확한 낱말 표현 하나조차 장담하기 어려운 경우가 있다. 치료사로서 그러한 사례를 접할 때마다 전환적 사고의 필요를 느낀다. 기준을 '말 표현'에 두면 아무것도 변한 게 없어 보인다. 심지어 더 나빠지는 경우도 허다하다. 하지만 그 기준을 넓은 의미에서의 의사소통으로 두고 보면 다르다.

보호자와 함께 있을 때 안정적인 자폐성 장애 아이들이 있다. 이들 관계를 관찰해보면 말 표현이 별로 없다 하더라도 의사소통 수준이 높다. 아이의 의사는 눈빛, 표정, 특유의 몸짓 등을 통해 전달되고 어른이 이를 자연스레 반영하면서 아이의 욕구가 해결된다. 그러면 소리를 지르거나 손을 뿌리치거나 쿵쿵거리며 뛰는 등의 행동이 훨씬 덜하다. 말이 통하지는 않지만 충분히 상호 소통이 이루어지고 있는 것이다. 언어치료 수업도 이런 기준으로 평가할 필요가 있다.

계속해서 떼를 쓰고 울던 아이가 원하는 물건을 가져다줄 때까지 기다릴 수 있게 되었다면 이는 상당한 진전이다. 반대로 특정 낱말을 말할 수 있게 되었다 해도 상대방이 모방을 유도할 때마다 회피행동을 보이거나 스트레스를 받는다면 이는 의사소통 측면에서 오히려 퇴행이다.

그래서 나를 포함해 많은 치료사들은 중증 자폐성일 경우 아이가 스트레스를 받지 않도록 조심스럽고 천천히 상호작용이 가능한 '장'으로 들어가는 데 주력한다. 나라는 타자가 의미 있는 소통 상대가 되는 것이 출발점이기 때문이다. 의사소통에서 '말'은 빠질 수 없는 요소이지만 그것이 전부는 아니다. 특히나 장애가 있는 아이들이라면 말하여지지 않는 것에 더 큰 영향을 받는다.

"대화가 전혀 되지 않아요. 어떻게 해야 하죠?"라는 질문을 받을 때마다 나는 이렇게 말씀드린다.

"먼저 아이가 믿을 수 있는 사람이 되어야 합니다."

쉽지 않은 일이다. 불안과 공포 혹은 오해처럼 우리의 믿음을 흔드는 것들이 너무도 많기 때문이다. 다행히 아이가 아직 어리다면 좀 더 희망적이다. 유년기에 쌓인 믿음은 오래 지속된다.

그네의 움직임이 잦아들 때마다 돌이는 뒤를 돌아본다. 그럴 때면 누구라도 아이의 그네를 힘껏 밀어주어야 한다. 함께 있어 즐거운 사람이 되는 것이 신뢰를 쌓는 첫걸음이다.

## 돌이에게

돌이야, 너는 알고 있니? 친구들이 너를 좋아한다는 사실을. 네가 친구를 속이거나 놀리지 않기 때문일까? 아니면 있는 듯 없는 듯, 아이들 틈에서 뭘 할지 곰곰이 생각하는 네가 아이들 눈에는 좀 더 성숙한 사람처럼 보이기 때문일까?

돌이야, 넌 내가 만난 자폐성 장애 친구들 중에 손에 꼽을 만큼 착한 아이였다. 그래서 네게 무언가를 강요할 때마다 마음이 무거웠다는 말을 하고 싶구나. 더운 여름날 눅눅한 반지하방에 접이식 탁자를 사이에 두고 '네' '아니오' 연습을 했을 때도, 설압자(혀를 누르는 얇은 나무막대)로 네 혀가 닿아야 할 지점을 알려주면서 디귿이나 리을 같은 소리를 내라고 요구했을 때도 너는 몇 번이나 그렇게 하려고 노력했었다. 하지만 나는 계속해서 너를 다그쳤지.

나는 네가 6개월 혹은 1년이 지나도록 낱말 하나 말하지 못하는 데에 화가 나거나 조급해졌을지도 모른다. 그래서 인상을 쓰거나 한숨을 쉬었을지도 모른다. 그럴 때마다 네가 느꼈을 답답함은 짐작도 하지 못한 채 계속 네게 내가 원하는 대로 반응하기를 원했을지 모른다.

그래서 너는 자꾸만 방문을 열고 나가려고 했었지. 수업 시간이 절반도 지나가지 않았는데 말이야. 늦었지만 그렇게 네게 내 방식대로 따라오기를 강요한 걸 사과할게. 미안해.

돌이야, 엊그제가 우리나라 명절인 추석이었다. 네가 한국에 있었다면 차례도 지내고 제사음식도 맛있게 먹으며 친척들과 안부를 나누었겠지. 하지만 즐겁지만은 않았을 거야. 너를 오랫동안 지켜본 사람이 있었다면 잔뜩 걱정스러운 표정으로 "돌이야, 말을 해야지" 하면서 네 엄마를 바라보았겠지. 처음 만난 친척들도 저마다 눈치껏 수군거렸을지도 모르겠다.

그러니 네가 어머니의 고향인 캄보디아로 간 건 오히려 잘된 일인 것 같아. 거기서 말이 없어도 편하게 섞일 수 있는 사람들과 지냈으면 좋겠다. 언젠가 여행 프로그램에서 보았던 장면처럼 네가 뜨거운 태양빛 아래 첨벙첨벙 물장구 치는 아이들 틈에 있었으면 좋겠고, 한국에서는 볼 수 없는 희귀한 동물들이 사는 숲속에서 곤충도 잡고 벌레도 구경했으면 좋겠다. 손재주가 좋아서 나무로 조각상을 만든다거나 손수건에 관광객들이 좋아할 만한 그림을 그릴 수 있다면 더 좋겠지. 그러면 그곳에서 착하고 재주 있는 청년으로 성장할 수 있을 테니 말이야.

적어도 네겐 부모님과 누나, 동생이라는 든든한 지원군이 있으니 그야말로 '먼 나라' 일은 아니겠지?

군이 어머니는 청각장애인이다. 처음 방문 요청을 받았을 때, 전화 통화가 어려워 문자로 대화를 나누었다.

'안녕하세요. 군이 어머님. 언어치료사입니다. 내일 방문 수업 예정인데 주소지를 확인하고자 문자 드려요.'

'반갑습니다, 선생님. 어린이집 선생님이 군이가 언어가 안 된다고 해서 속상해요. 내일 이 주소로 오세요.'

방문지는 평범한 동네에 있는 연립주택이었다. 나중에 시에서 지원 나온 선생님에게 그곳이 국가에서 제공한 전셋집이라는 이야기를 들었다. 부엌으로 쓰이는 좁은 거실에 앉아 어머니와 상담 시간을 가졌다. 어머니께 명함을 드리고 서비스 이용에 관해 안내했다.

임시방편으로 휴대폰 문자 창에 글을 적어 보여드렸다. 수어를 배워둘 걸 하는 후회가 들었다. 어머니가 가리키는 안방 문틈으로 매트리스가 보였다. 간간이 딸랑이 소리가 들렸다. 지금껏 잔잔한 수면과도 같은 정적 속에 있었음을 깨닫게 하는 소음이었다.

언어 평가를 위해 군이가 다니는 어린이집을 방문해 군이의 담임 선생님에게 질문지를 전달했다.

"제가 언어치료 받으시라고 군이 어머니께 말씀드렸다가 몇 번을 다퉜는지 몰라요."

일주일 후 질문지를 받으러 갔을 때 담임 선생님은 걱정스러운 얼굴로 그렇게 말했다.

"이해가 안 가는 건 아니지만 애를 위해서라도 인정할 건 인정해야죠. 아이들이 군이만 보면 슬금슬금 피합니다. 말이 안 되는 데다가 자꾸 이상한 행동을 해서 아이들이 깜짝깜짝 놀라요."

담임 선생님은 군이의 자폐성 발달장애를 의심하고 있었

다. 평가 결과도 2년 이상 지체되어 있었다. 군이는 의미 있는 낱말 표현이 없었으며 "아" "그" "버" 등의 소리로 욕구를 표현했다. 타인과 시선 맞추기를 어려워했으며, 손을 흔들거나 박수를 치는 등의 빈번한 상동행동(외부 자극과 무관한 반복 행동)은 군이가 자폐 범주 안에 있음을 강력하게 암시했다. 그러나 언어치료사로서 공식적인 판단 없이 짐작만으로 아이의 상태를 이렇다 저렇다 할 수는 없는 일이었다. 대신 군이 어머니께 언어발달이 지체되어 있으니 언어치료 수업 외에도 감각통합, 인지치료 등을 병행하시는 게 좋겠다고 말씀드렸다. 어머니는 미간을 잔뜩 찌푸린 채 묵묵히 내가 내민 휴대폰 문자 창만 바라보았다.

가정에서 구어 자극이 없는 상태인 데다 집중이 어려운 군이에게 시급한 것은 시선 맞추기, 행동 따라 하기, 말소리에 집중하기 등과 같은 활동이었다. 딸랑이를 흔들다 등 뒤로 숨겨 아이가 손을 내밀게 하고, 이불 아래에 숨겨 그곳을 바라보게 하는 등 숨기고 찾는 놀이를 했다. 소리 나는 그림책을 보며 다양한 생활 소음을 그림과 연결 짓고 눈을 맞추며 치료사의 입 모양을 흉내내도록 유도했다.

아이의 반응을 이끌어 내려면 동작도 커야 하고 목소리도 크게 내야 한다. 거울을 가져와 아이에게 보여주거나 머리맡에 있는 손수건으로 눈을 가렸다 치운다. 각 휴지통에서 휴지를 한 장 꺼내 후 불거나 풍선을 주고받는다. 아이의 관심을 끌려면 뭐든 해야 한다. 거의 3, 4개월 동안은 군이와 이런 활동만 반복했던 것 같다.

그러는 동안 군이는 조금씩 변화를 보여주었다. 우선 상동행동이 많이 잦아들었다. 하던 일을 멈추고 치료사를 쳐다보는 때가 많아졌고 행동 모방을 통해 그림을 그리거나 악기를 연주하는 행동도 나타났다. 6개월 정도 진행했을 때는 주고받기와 가져오기 같은 지시 따르기가 가능했으며 동물 소리 모방과 "이거" "줘" 같은 말을 따라 할 수 있었다. 자발적인 낱말 표현이 나오기 시작한 것은 1년이 지날 무렵이었다.

어느 날 군이가 내 코를 손가락으로 가리키더니 "코"라고 말한 것이다. 그 최초의 순간 이후 군이의 낱말 발화는 계속되었다. "발" "배" 같은 신체 관련 언어와 "물" "지워" 같은 표현이 관찰되었다.

그렇게 1년, 2년 시간이 흘렀다. 초등학교에 들어간 군이는 자리에 오래 앉아 있을 수 있고 문장을 표현하고 일부 낱말은 읽고 쓸 수 있을 만큼 발전했다. 간단한 질문에 답할 수 있으며 텔레비전이나 유튜브에서 들은 내용을 혼잣말로 되풀이하며 그림을 그리는 취미가 생겼다. 상호작용 측면에서 보자면 여전히 부족하지만 신변처리와 관련해 필요한 말은 할 수 있게 됐다.

좋았던 일만 있었던 것은 아니다. 어머니가 군이의 장애 등록을 극도로 기피하여 한동안 수업이 중지된 일도 있었다. 국가 지원 서비스는 장애 등록이 주요 조건이다. 미등록 상태에서도 가능하지만 연령 제한이 있다. 부모가 장애인이면 치료지원 서비스가 가능하지만 이 역시 조건이 있다.

잠시 지원 서비스에 대해서 언급하자면, 한마디로 복잡하고 까다롭다. 종류도 많은 데다 조건과 기관도 제각각이다. 장애아동 대상 서비스만 보더라도 복지부, 지방자치단체, 교육청 등으로 나뉘어 있다. 서비스에 따라 동주민센터, 구청, 시청, 교육청에 각각 문의해야 한다는 뜻이다.

지원 수준도 천차만별이다. 장애 정도와 소득에 따라 다르다. 그래서 보통 장애인 당사자는 어떤 서비스를 어디서 받을 수 있는지 모르는 경우가 허다하다. 심지어 담당 공무원도 모른다. 관공서의 '복지과'는 기피 부서라 자주 사람이 바뀐다. 그래서 처음에는 서비스 대상이 아니라고 했다가 담당자가 바뀌면서 번복되거나 그 반대의 상황이 벌어지는 경우가 부지기수다.

군이네의 경우 부모가 모두 청각장애인이라 장애아동 지원과는 별도로 생활 지원 서비스가 제공된다. 언어 수업을 하다가 모 센터에서 나온 선생님과 만난 적이 있다. 이분 명함에는 '저소득층 및 취약 계층을 위한 맞춤형 통합 서비스'라는 문구가 적혀 있었다. 생활에 불편함은 없는지 지원이 제대로 되고 있는지 정기적으로 방문하여 점검하는 모양이었다. 다행히 이런 기관 덕분에 군이네 같은 가정이 통합적으로 관리될 수 있다는 생각이 들었다. 도움이 필요한 사람이 손을 내밀었을 때 더는 자격 조건을 따지지 않았으면 좋겠다.

아이의 장애 등록을 미루던 어머니가 고집을 꺾은 건 비교적 최근의 일이다. 군이가 초등학교에 들어가고 1, 2년 후였던 것으로 기억한다. 학교 선생님의 권유로 근처 대학병원에서 발달검사를 받았다. 그로부터 보름 후 군이는 자폐성 장애 판정을 받고 장애인 등록을 했다. 어머니는 너무 속상하다며 이모티콘으로 당신의 심정을 알렸다.

군이네는 그 후로 세 번 이사했다. 모두 나라에서 구해준 집이었다. 새집에 들어설 때마다 가구도 바뀌고 집기도 달라졌지만 변하지 않은 것이 있다. 안방 벽에 붙은 액자들이다. 사진 속에서 군이 어머니가 갓난아기를 안고 있다. 그 뒤로 학원 간판에서 자주 보는 대학 조형물이 보인다. 그 밖에도 유치원 졸업 사진, 생일파티 사진, 놀이공원에서 찍은 사진들이 붙어 있다. 하나둘 늘어갔을 그 사진 아래에서 우리는 낱말 공부도 하고 게임도 했다. 매일 똑같은 일을 반복하고 있다고 생각했던 그 시간 동안 군이는 성장했다.

군이네 집은 조용하다. 오로지 군이가 떠들 때만 그곳에 사람이 산다는 걸 알아챌 수 있다. 내가 문을 열고 들어가도, 노크를 해도 군이 어머니는 눈치채지 못한다. 문자로 "어머니 도착했습니다"라고 써 보내고 나서야 뒤를 돌아보신다. 그럴 때마다 한 사람에게 지워진 삶의 무게가 너무 무겁다는 생각을 한다.

부디 좀 더 많은 행복이 군이네에 찾아오기를, 우리가 만든 복지 시스템이 그분들에게 힘이 되기를 바란다.

## 군이에게

우리가 수업하던 방 안은 항상 정리가 잘 되어 있었다. 매트리스 머리맡에는 일정한 간격으로 쿠션들이 고정되어 있고 (너는 그걸 굳이 빼서 던지는 걸 좋아했다) 벽장에는 한글 자모와 알파벳이 함께 적힌 포스터가, 창문에는 외풍을 막는 비닐이 꼼꼼히 붙여져 있다. 텔레비전 옆에는 네가 아끼는 조립 로봇들이, 장식장에는 일회용 물수건이 끝 선에 맞추어 나란히 정렬되어 있다. 한쪽 구석에서는 가습기 배출구에서 빠져나온 수증기가 안개처럼 엷게 퍼졌다.

네가 다니던 어린이집 원장 선생님은 너희 어머니 성격이 무척 깔끔하다고 말씀하셨다. 네가 무언가를 흘리거나 어지럽힐 때면 바쁘게 뒷정리를 하는 장면이 눈에 선하다. 하지만 네 어머니만 그런 건 아니야. 세상엔 나처럼 정리가 안 된 상황에서도 아무렇지 않아 하는 사람이 있는 반면, 그렇지 않은 사람도 있다. 내 어머니도 그랬다. 그래서 어렸을 적에 혼도 많이 났지.

내 어머니는 물건이 제자리에 놓여 있지 않거나 어질러지는 걸 정말 싫어했다. 더 싫어하는 건 더러워지는 거였다. 그래서 밖에 나가서 신발에 흙을 묻히고 오거나 잘 씻지 않아 때가 낀 목덜미를 들키는 날에는 반드시 야단을 맞았다. 그때 나는 생각했다. '어머니 말이 맞아. 나는 누굴 닮아 잘 씻지도 않고 밖에서 더러운 것들을 묻혀오는 걸까' 하고 말이야. 하지만 그런 잔소리쯤이야 금세 잊어버리는 나이였고 지금은 그 순간들을 사랑으로 기억한다.

군이야, 나는 너와 네 어머니의 대화를 듣거나 본 적이 없다. 너는 어머니의 수어를 이해하지 못하고 어머니는 네가 하는 말을 듣지 못한다. 그래서 내가 수업을 하러 갔을 때, 어머니가 네 등을 떠밀어 억지로 (언어치료 수업은 별로 재미가 없으니까, 너는 내가 오기 전까지 거의 하루 종일 유튜브를 들여다보고 있으니까) 방으로 들여보내거나 네가 싫다며 말썽을 부릴 때, 미안하지만 나는 부조리극의 한 장면 속에 있는 듯한 기분이 된다. 그 상황에서 어떻게 행동해야 할지 알 수 없고 내가 하는 일이 무슨 의미가 있을지 회의가 찾아온다. 하지만 그런 순간은 길지 않다. 너도 알겠지만, 우리는 아주 오래 함께 언어치료 수업을 해왔고 지금은 네가 고집을 부리거나 내가 요구하는 과제를 전혀 이해하지 못할 때도 걱정이 되거나 실망하지 않는다.

나는 우리가 일주일에 한 번 정해진 시간마다 함께해온 것에 만족한다. 조금씩이지만 너는 발전했고 지금은 글자도 읽을 수 있고, 추측건대 학교에서 화장실을 가고 싶을 때 선생님께 "화장실 갈래요"라고 말할 수 있다.

앞으로도 우리가 만났던 시간만큼의 시간이 또 흐르면 너는 20대 청년이 될 것이다. 그때쯤 너는 나와 네 가족에 대해 어떤 추억이 있을까. 잘 정돈된 안방. 건조한 날엔 가습기가 돌아가고 추운 겨울에는 선풍기형 히터에서 따뜻한 열기가 뿜어져 나온다. 탁자 위에 보드게임을 올려놓고 순서대로 말을 움직이거나 종이 위에 글자를 쓴다. 그런 장면들이 떠오르면 잠깐 하던 일을 멈추고 곰곰이 생각에 잠길까, 아니면 허공을 가로지르는 비행기처럼 네 머릿속에 잠시 나타났다 사라지게 내버려둘까. 궁금하지만 나는 알 수 없다. 그 사람이 되지 않는 한 그 사람의 마음을 알 수는 없다는 진실을 새삼 실감한다.

한때 내 어머니는 나를 정돈된 사람으로 키우고 싶어 했다. 그 소망이 이루어졌는지는 알 수 없다. 군이야, 네 어머니의 소망은 무엇일까? 아무도 묻지 않았을 그것을 네 어머니는 마음속에서 오래전에 지워버렸을지도 모른다. 혹은 모든 게 지금보다 나아졌으면 하는 막연한 기대가 전부일지도 모른다. 아니, 그건 착각이며 오해다. 우리는 다른 사람의 마음을 알 수 없다. 그러니 군이야, 중요한 건 자기가 아는 유일한 사람인 나와 '지금'이다. 그래서 하는 말인데, 우리 다음 주에도 만나서 서로 해야 할 일을 하자. 열심히, 앞으로 추억이 될 만한 일을 하자.

# 마음을 알리는 몸짓

놀이터는 땀을 뻘뻘 흘리며 뛰노는 아이들로 시끌벅적하다. 어머니의 손에 이끌려 집으로 향하던 아이가 고개를 돌려 여전히 놀이에 열중인 친구들을 바라본다. 희아 또래다. 몸이 불편하지 않았더라면 희아도 그랬을 것이다. 소리를 지르며 뛰어놀다 어머니의 손을 잡고, 방금까지 함께 있었던 친구와 지나온 시간을 그리워하며 집으로 향했을 것이다.

저녁을 준비하는 시간이다. 희아네 집은 시장이 건너다보이는 대로大路 안쪽에 형성된 주택단지에 있다.

3층 문 앞에 서서 벨을 누른다. 안에서 "네" 하는

소리와 함께 문이 열리고 활동보조 선생님이 나타난다.

"그럼 수고하세요. 희아야, 공부 열심히 해. 선생님 간다. 내일 봐~"

잰걸음으로 계단을 내려가는 활동보조 선생님의 아이도 희아처럼 장애를 안고 태어났다. 그는 이제 이 건물 앞에 주차되어 있던 차를 몰고 복지관에 들러 저녁 돌봄 교실에 남아 있는 아이를 태우고 집으로 돌아가야 한다.

현관문을 닫고 거실과 통하는 반투명 유리문을 연다. 거기 비키니 옷장 옆에 희아가 누워 있다. 어머니는 오늘 회사 일로 바쁘다. 그 대신 학교 수업을 마친 언니가 서둘러 집으로 돌아올 것이다. 그때까지 희아와 나의 시간이다. 오늘 배울 건 '호랑이와 곶감' 이야기, 그리고 '재미있는 길거리 표지판'이다.

눈 주위가 움푹 들어간 희아의 얼굴을 처음 본 사람이라면 애처로움이라는 감정이 먼저 찾아올 것이다. 그럴 만하다. 줄무늬 원피스 밖으로 갈비뼈의 윤곽이 고스란히 드러날 만큼 깡마른 희아는 입을 열거나 몸을 뒤척이는 일도 힘겨워하는 중증 뇌 병변 아이니까. 하지만 희아의 곱슬머리에 꽂힌 예쁜 머리핀이 매주 바뀐다는 사실을 알아채거나, 좋아하는 노래가 흘러나오거나 좋아하는 사람을 만나면 누구보다 기뻐하고 그 마음을 전하려 애쓰는 아이라는 걸 알면 연민의 눈빛은 곧 놀라움 어린 그것으로 바뀔 것이다. 나도 그랬다.

40분은 결코 짧지 않은 시간이다. 희아는 힘들다 싶으면 고개를 돌리고 치료사의 요청에 무반응으로 일관한다. 그럴 때면 희아를 웃게 해야 한다. 좋은 방법이 있다. 희아는 손가락과 팔꿈치를 펴는 마사지를 좋아한다. 고사리처럼 오그라든 손가락을 하나씩 펼치면 창백한 얼굴에 환하게 미소가 퍼진다. 그래서 수업을 시작하기 전에 그리고 도중에 아이가 힘들어할 때면 마사지를 한다. 희아가 웃는 모습을 보면 마치 새롭게 하루가 시작되는 느낌이다. 햇살이 밤새 젖었던 땅을 환하게 비추는 장면. 영원할 것 같은 밤이 걷히는 장면, 또다시 밤이 찾아오겠지만 어쨌든 지금은 아침이라는 각성이 주는 희망. 새로운 마음을 가지는 것, 결코 지치지 않기. 말로 설명할 수 없는 그 미소를 떠올릴 때마다 드는 생각이다.

처음 희아를 만난 장소는 장애전담 어린이집이었다. 월요일부터 금요일까지 오전 9시면 셔틀버스를 타고 어린이집에 갔다가 오후 5시쯤 귀가했다. 학령기가 되어 특수학교에 진학하고 나서는 방과 후에만 장애전담 어린이집에서 시간을 보냈다. 어린이집의 배려로 처음 4년 동안은 그곳 교실에서 희아와 언어치료 수업을 진행했다.

어린이집 경험은 이전에 몰랐던 것들을 일깨워주었는데, 그중 하나가 정말 많은 아이가 크고 작은 장애를 겪고 있으며 이들이 갈 만한 곳이 없다는 사실이었다. 지역에서 유일하게 종일반을 운영하는 이 장애전담 어린이집은 맞벌이나, 부득이한 사정이 있는 외벌이 가정의 유일한 선택지였다.

다른 하나는 돌봄 노동에 종사하는 분들의 현실이다. 방송이나 뉴스에 나오는 폭행·감금 같은 일들이 지금도 어디에선가 벌어지고 있다는 안타까운 사실만큼이나 열악한 환경에서도 사명감을 갖고 일하는 분들이 있다는 점도 분명했다.

적어도 외부인들이 자유롭게 드나들 수 있는 시설, 다시 말해 투명하게 개방된 시설에서는 그런 학대가 있을 수 없다는 걸 피부로 느꼈다. 문제는 항상 사람들의 눈에서 멀어진, 밀폐된 곳에서 생긴다.

장애전담 어린이집에는 특수교사를 포함해 6, 7명의 보육 선생님들이 계셨는데 모두 언어치료 수업에 관심을 보였다. 희아와 비슷한 뇌 병변 및 지체장애 아이를 비롯해 다운증후군을 포함한 발달장애 아이들이 생활하고 있었고 이 아이들은 대개 크고 작은 언어문제가 있었다. 보호자와 선생님 들은 일상에서 적용할 수 있는 언어발달 촉진 방법을 궁금해했다.

반대로 선생님들께 물어보아야 할 것도 있었다. 아이들이 평소에 어떤 모습을 보이는지, 이곳을 찾는 아이들의 장애 특성은 어떠한지. 혼자 일하는 데 익숙한 내게 협력과 소통의 중요성을 알려준 특별한 경험이었다. 그러던 어느 날 어린이집 주변 지역이 재개발구역으로 지정되었다는 이야기를 들었다.

"이전할 만한 데를 찾고 있지만 쉽지 않네요. 재단 쪽에서는 계속 적자가 나는 시설을 이번 기회에 접으려는 것 같고요."

원장 선생님은 상심한 얼굴로 아이들 걱정을 했다. 그 후 얼마 지나지 않아 골목 곳곳에 플래카드가 나붙더니 곧 공사가 시작되었다. 어린이집은 폐쇄되었고 아이들은 뿔뿔이 흩어졌다. 희아도 더는 그곳에서 지낼 수 없었다.

뇌 병변 아이들은 장애 특성상 신체의 움직임이 제한적이고 손상된 뇌의 부분에 따라 언어 수준이 천차만별이다. 언어치료의 목표도 여기에 맞춰 조정한다. 내가 만나본 뇌 병변 친구들 중에는 수다쟁이도 있었고 온종일 그 어떤 소리도 내지 않고 조용히 누워만 있는 친구들도 있었다.

희아는 그중에서도 기능 제한이 많은 편에 속했다. 팔을 들어 올릴 수 있지만 앉거나 걸을 수 없다. 표현이 제한적이다 보니 이 아이가 어느 정도의 언어 능력이 있는지 알 수 없다. 보호자 면접으로 판단하기도 하지만 가장 가까운 가족도 모를 때가 많다. 한마디로, 타인의 언어를 얼마나 이해하는지 알 수 없다. 그저 짐작할 뿐이다. 그래서 이런 경우의 언어치료 수업은 '최저선'에 맞춘다. 구어가 아닌 몸짓을 유도하고 '이해' 부분은 가능성으로 남겨둔다. 즉, 또래 아이들이 배워야 할 것들을 시청각 등 다양한 감각을 동원해 제시한다. 언젠가 아이의 기능이 발달하여 발화가 가능해졌을 때 활용할 수 있도록 말이다.

희아는 팔의 움직임과 표정, 눈 깜빡임이 다른 아이들보다 활발했다. 이 부분을 기초 의사소통 기능인 대답하기의 단서로 활용했다. 예를 들면 이런 식이다.

"희아야, 안녕? 선생님이야. 오늘은 언어 수업하는 날! 또다시 수요일이 돌아왔어요~"

(눈 깜빡)

"반갑다고? 그래 선생님도 고마워. 그럼 오늘도 재미있게 공부를 시작해볼까요?"

(눈 깜빡)

"오늘 배울 첫 번째 낱말은 기역, 기역 자로 시작하는 말이에요. 자, 따라 해보세요. 구-구-구름~ 우리는 '우'라고 말할 거예요. 우~ 우~"

(입을 열려고 애씀. 몇 차례 반복. 그러다 반응 안 함.)

"재미없어? 다른 거 할까?"

(눈 깜빡)

"좋아요, 그럼 맞고 틀리고 게임을 하겠습니다. 지금부터 선생님이 하는 말이 맞으면 팔을 들어 올려주세요, 알겠죠?"

(눈 깜빡)

"여기 보시고. 이 사람은 누구일까요? 도둑을 잡고 있네요. 정답은 소방관인가요?"

눈빛과 더불어 희아가 보여준 색다른 의사표현은 바로 '팔 들기'였다.

"희아야, 선생님이 하는 말이 맞으면 이쪽 팔을 들어 올리는 거야? 자, 연습 한번 해볼까? 지금은 여름입니다. 창밖으로 눈이 내려요. 아니야? 아니구나. 선생님이 잘못 말했나 보다. 그럼 이건 어때? 낙엽이 쌓인 길을 걸어요. 곡식이 익어갑니다. 지금은 가을이에요."

희아가 몸을 뒤척이며 천천히 팔을 들어 올릴 때의 경이로움을 나는 기억한다. 한번은 보호자인 어머니께 시범 삼아 몸으로 대답하기를 보여드렸더니 매우 놀라워하셨다.

"오! 희아가 말을 하네?"

몸짓 표현과 더불어 발성 연습도 꾸준히 했다. 희아는 빈도수가 적긴 하지만 스스로 간단한 모음을 발성할 수 있었다. 발성에는 자세 유지가 필수다. 보통은 피더시트(장애아동의 착석을 돕는 보조의자, 유아용 자동차 시트와 비슷하게 생겼다)에 앉아서 수업을 진행했고 컨디션이 좋지 않을 때는 누운 자세로 연습했다. 한숨 내쉬기–숨 들이마시고 내뱉기–숨 들이마시고 참았다가 내뱉기 등으로 시작해서 유성음을 연습했다.

쉽지 않은 일이었다. 하지만 희아는 의지를 보였다. 눈을 깜빡이고 입을 열기 위해 몸을 뒤척이는 게 신호였다. 드디어 입이 열리고 숨을 들이마실 때는 마치 100미터 달리기를 하는 사람 같은 얼굴이다. 수 초간 침묵이 흐른다. 그리고 마침내 "허어" 하는 소리가 흘러나온다.

연이어 소리를 내는 건 힘에 부친다. 그래서 한 번 발성이 끝나면 듣기와 보기를 통해 수용언어를 늘리는 연습을 한다. 전래동화를 듣고 플래시 동화를 본다. 그러다 다시 기운이 생기면 말하기 연습을 한다. 그렇게 우리는 6년의 시간을 보냈다.

## 희아에게

얼마 전 네 부모님도 출자자의 일원인 사회적 협동조합 홈페이지에서 너와 네 친구들이 활짝 웃고 있는 사진을 보았다. 잘 지내고 있구나 싶어 마음이 아주 좋았어. 그러다 문득 가족들은 어떻게 지내는지 궁금해졌다. 네겐 언니와 오빠가 있지? 아마도 지금쯤 모두 직장생활을 하고 있을 테지만, 그때 오빠는 고등학교를 갓 졸업한 상태였고 언니는 같은 학교에 다니고 있었다.

네 집을 방문했을 때 오빠는 인사를 하며 아픈 동생 잘 부탁한다고 제법 어른스럽게 말했다. 또 언니는 우리가 수업을 하고 있으면 슬며시 문을 열고 네 이름을 부르며 손을 흔들었다. 귀엽고 사랑스러운 아기를 보는 것 같은 눈으로 말이야. 아버지는 과묵했던 분으로 기억한다. 그래도 수업을 마치고 갈 때면 항상 미소로 인사하셨지(그러고 보니 네 웃는 모습은 아빠를 닮았구나!).

퇴근하고 들어온 너희 어머니가 거실에서 전화로 고객 상담을 하는 동안 우리는 〈이솝 우화〉를 들었다. 학교에서 돌아온 언니가 "똑똑 희아야, 언니야. 공부하는구나? 열심히! 파이

팅~" 했을 때, 잠시 후 코 고는 소리가 들려왔을 때도 우리는 대답하기를, 팔과 눈으로 말하기를 했다.
그런데 희아야, 그때는 왜 너를 둘러싼 모든 사건들이 너와는 상관없는 세계에서 벌어지는 일처럼 느껴졌던 걸까? 왜 우리가 있는 작은 방을 중심으로 천천히 우주가 회전하는 듯한 기분이 들었던 걸까?
어른들의 세계는 늘 바쁘다. 오늘도 사람들은 수천 마디의 말을 하고 또 그만큼의 말을 듣는다. 우리가 겨우 한마디의 말을 나누는 동안에도 말이야. 문득 그런 생각이 든다. 어쩌면 너는 전혀 다른 물리적 법칙이 지배하는 세계에서 살고 있는지도 모른다고 말이야. 너와 함께 수업을 하던 그 짧은 시간 동안 나 역시 잠시 너의 세계에 속해 있었던 거라고 말이야.
희아야, 지구는 빙글빙글 돈다. 엄청나게 빠른 속도로. 하지만 걱정할 필요는 없어. 고양이 한 마리도 절대 지구 밖으로 떨어지지 않아. 우리를 붙들고 있는 중력은 위대해. 왜 이런 말을 네게 하는지 모르겠지만 어쨌든 그래.
그리고 희아야, 우주가 아무리 넓다고 해도 별들은 소통하는 법을 몰라. 서로를 모르지. 하지만 우리는 그렇지 않다.

희아 너는 매주 수요일 오후 이 시간이면 어김없이 키가 크고 등이 구부정한 언어 선생님이 방문한다는 걸 안다. 선생님이 네가 웃는 모습을 좋아한다는 것도. 그림책을 보거나 녹음된 이야기를 들을 때 너는 눈을 반짝인다. 네가 이해하는 것이 무엇인지 나는 모르지만 우리는 서로를 속이지 않는다. 네가 침묵 속에서 눈을 깜빡일 때면 나는 네가 모른다고 해도 상관없을 법한 이야기들을 늘어놓지. 오늘의 날씨라든가, 오늘 낮에 있었던 일들. 네 부모님이 너를 위해 오늘도 열심히 일한다는 사실을 말해주지. 골목에 주차해둔 차들 때문에 이웃끼리 다툼이 있었고 그걸 구경하느라 약속시간보다 3분이나 늦게 도착했다는 것도. 그러면 너는 또 눈을 반짝한다. 아주 진지한 표정으로 말이야.

그때 나는 알게 되었다. 희아 너는 말하기보다 듣는 걸 더 좋아한다는 사실을 말이야. 그런데 혹시 아니? 내가 만난 사람들 중에 그런 사람은 너뿐이야. 보통의 사람들은 듣기보다 말하기를 좋아해. 정말 그래. 그러니까, 어쩌면 나는 세상과 전혀 다른 법칙이 적용되는 세계에 너와 함께 있는 게 더 좋았던 걸지도 몰라. 그래서 그때 무언의 대화를 나누고 돌아가던 길이 기억에서 지워지지 않고 생생하게 남아 있는 건지도.

희아야, 우리가 나누었던 많은 말들이 저 하늘의 별처럼 많았다는 사실을 잊지 않았으면 좋겠다. 그리고 우주에는 수많은 별이 소멸하고 새로이 태어나는 일이 반복된다는 사실도. 그러면 내가 너의 미소를 볼 때마다 느꼈던 새로운 마음을 너도 느낄 수 있지 않을까.

# 마지막 문장 채우기

은이는 산책을 좋아했다. 마침 집 가까운 곳에 하천과 수변 공원이 있어 짧은 나들이를 하기에 좋았다. 우리는 일주일에 한 번 휠체어를 타고 밖으로 나갔는데 그럴 때마다 은이는 눈앞으로 지나가는 무언가를 잡으려는 듯 손을 뻗치며 "꽃, 꽃"이라고 말했다. 돌아가는 길에는 아파트 놀이터에 들렀다. 은이는 몸이 불편해 놀이기구를 이용하지는 못했지만 멀리 아이들 노는 모습을 지켜보는 것을 좋아했다.

산책할 때는 활동보조 선생님이 함께했다. 은이는 혼자 화장실을 가거나 밥을 먹을 수 없다. 대부분의 시간을 누워서 지내는데 이때도 등에 욕창이 생기지 않게끔 수시로 몸을 돌려주어야 한다.

은이는 몸무게가 100킬로그램이 넘는 거구다. 언제부턴가 몸에 살이 붙더니 그렇게 되어버렸다고 은이 어머니가 말씀하셨다. 평소에는 누워 있다가 식사 시간이나 용변을 볼 때 몸을 일으킨다. 언어치료 같은 수업을 받을 때, 외부로 이동해야 할 때만 휠체어에 앉는다. 그러니 산책은 은이 입장에서 아주 특별한 경험인 셈이다.

"일곱 살 때 사진이에요."

어머니가 내미는 사진 속에서 분홍색 원피스 차림에 양 갈래로 머리를 딴 소녀가 그네를 타고 있다. 오래전에 찍은 듯 겉이 번들번들하고 흐릿하게 색이 바랬다.

"말도 얼마나 잘했는지 몰라요. 주위에서 애가 똑 부러진다는 말을 많이 들었지요."

방문 초기, 아이의 병력을 알아두어야 한다. 선천적인지 후천적인지, 어떤 장애 특성이 있는지, 현재 건강 상태와 복용하는 약 등을 묻는다. 언어 목표를 세우는 데 고려해야 할뿐더러 혹시라도 수업 도중에 일이 생길 경우에 대비해야 한다.

은이는 초등학생 때 뇌종양이 발견되었다. 초기였고 그때

적절한 조치를 취했으면 지금과는 다른 모습일 수도 있었다. 종교인인 은이 아버지가 비의료적인 방식으로 아이의 병을 낫게 하겠다는 결정을 내렸고 그 바람에 시기를 놓쳤다. 병세는 악화되었고 수술을 마쳤을 때는 이미 신체적·언어적 능력이 상당 부분 소실된 후였다.

수업을 진행하기 전 간단히 은이의 언어 상태를 체크했다. 책상 없이 은이 맞은편에 의자를 두고 앉아 퀴즈를 냈다.

"선생님이랑 퀴즈 놀이 하자. 잘 듣고 답을 말해보세요. 비가 올 때 쓰는 것은?"

"우, 우사안!"

"오! 은이, 말 잘하네?"

옆에서 휴식을 취하던 활동보조 선생님이 놀란 얼굴로 이쪽을 바라본다. 내친김에 문제를 몇 개 더 낸다.

"그럼, 비가 올 때 신는 건?"

"장화아!"

"옳지 잘한다. 다음 문제. 은이가 오늘 아침에 먹은 음식은 무엇인가요?"

(침묵)

은이는 일상에서 쓰는 낱말을 스스로 말할 수 있었다. 문장 표현은 제한적이었으며 상투적이었다. 특히 상황과 관계없는 "은이 슬퍼요" "해가 졌어요" 같은 말을 할 때가 있었으며 그럴 때면 우는 표정으로 입맛을 쩝쩝 다셨다. 마치 어떤 상황과 문장이 은이 머릿속에서 계속해서 재생되는 것처럼 보였다. 이따금 수업 중에 잠들 때가 있었고 무언가 마음에 들지 않은 일이 있으면 주먹으로 휠체어 앞에 가로놓인 테이블 판을 내리쳤다. 몸을 뻗칠 때는 휠체어가 흔들릴 정도로 힘을 줘서 활동보조 선생님과 함께 진정시키느라 애를 먹어야 했다.

은이는 식탐이 있고 단 음식을 좋아했는데 이 부분은 절제가 어려워서일 수도 있고 아이가 원하는 행동을 하게 유도할 때, 혹은 원하지 않는 행동을 통제할 때 사탕이나 과자를 오랫동안 사용한 이유도 있어 보였다. 어머니는 은이가 짜증을 부린다거나 수업을 시작하기 전에 간식을 제공했다. 어쩌면 섭식에 제한이 있는 은이가 그렇게라도 영양분을 채우기를 바라는 마음일 수도 있다.

건강 상태는 전반적으로 좋지 않았다. 비만 상태로 거동이 불편했고 천식이 심해 코에 산소발생기 호스를 끼운 채 수업을 진행했다. 이러한 아이 상태와 환경을 고려하여 다음과 같은 목표를 세웠다.

**첫째, 일상에서 자기 욕구 표현하기**

자기 욕구 표현하기는 은이처럼 스스로 신변처리를 할 수 없는 아이들에게 필수적이다. 지금 자신의 상태를 주위 사람에게 알려 도움을 청할 수 있어야 하기 때문이다. 배가 고프다거나, 화장실에 가고 싶다거나, 춥다거나, 덥다거나, 등이 아프다거나, 숨이 차다거나 하는 말을 해야 한다. 은이의 어휘력과 구문 능력 등은 이런 문장을 구성하기에 충분했다. 현재 은이는 누군가 "은이야, 목마르니? 물 줄까?"라고 먼저 물어보아야 겨우 그렇다고 대답하는 식으로 의사소통을 하고 있었다. 그러기 전에 스스로 "목말라요" "배고파요, 밥 먹어요" "화장실 갈래요" "숨이 차요" 이렇게 말할 수 있어야 했다. 이는 단순히 모방으로 해결하기 어려운 부분이었다. 상황과 맞아떨어져야 하기 때문이다. 그래서 주 양육자인 어머니와 활동보조 선생님들께 은이를 화장실에 데려가기 전에, 그러니까 어떤 징후가 포착되면 그때 해야 할 말을 유도하는 식으로 해달라고 부탁했다. 아이가 몸을 뒤척이면 "등이 가렵니?" 하고 물어본 다음에 "등이 가려워요. 긁어주세요, 라고 말해" 이렇게 지시해줄 것을 요청했다.

**둘째, 질문 이해하고 표현하기**

'질문하기'는 의미 있는 대화를 구성하기 위한 연습이었다. 지금 은이의 언어는 독백이 대부분으로 질문이 없다. 주고받는 대화가 되려면 질문에 답하는 한편 스스로 질문할 수 있어야 한다.

**셋째, 글자로 낱말 익히기, 연상하기**

글자로 낱말 배우기는 학령기인 은이의 나이를 고려했다. 이미 글자를 일부 알고 있고, 문자는 시각적 단서로 제시하기에 적합했다. 글자로 낱말을 배우고 기억하고 연상하는 연습은 장애 특성상 낱말 인출에 장애가 있을지 모를 뇌 병변 아동 아동에 적합했다.

은이는 집중 시간이 길지 않았으므로, 은이가 좋아할 만한 일을 찾아야 했다. 그중 하나가 산책이었다. 산책할 때만큼은 예전 사진 속 얼굴이 잠깐씩 비칠 정도로 즐거워했다. 야외 활동은 언어 자극의 좋은 기회이기도 했다.

"다리 아래로 물이 흘러요. 자갈밭에 새가 있어요. 부리가 길고 날개는 하얘요."

"놀이터예요. 은행잎이 노랗게 물들었어요. 아이들이 미끄럼틀을 타요."

"바람이 불어요. 꽃잎이 떨어졌어요. 쌀쌀해요. 은이는 잠바를 입었어요."

오가는 풍경들을 말로 설명하고 은이가 손으로 그쪽을 가리키게 했다. 스스로 말하게 하려면 '마중물'이 필요했다.

"은이야, 저기 다리 아래에 물이?"

"흘러요."

"은이가 다시 말해요."

"물이 흘러요."

질문과 조합할 수도 있다.

"오, 공원이다. 은이 밖에 나오니까 기분이 어때?"

"좋아요."

"그렇구나. 공원에 오니까?"

"기분이 좋아요."

"은이가 처음부터 말해요."

"공원 오니까 기분이 좋아요."

이렇게 일주일에 한 번 공원을 산책하며 말하기 연습을 했던 기억은 지금도 그때의 햇살만큼이나 선명하다. 은이는 어둡고 빛이 잘 들지 않았던 방에 있을 때와는 또 다른 모습을 보여주었다. 나 역시 무언가를 해야 한다는 강박에서 조금은 벗어나 평화로운 풍경을 만끽하며 자연스레 문장 표현을 유도할 수 있었다.

은이가 좋아한 활동 중 다른 하나는 '속담 놀이'였다. 이유는 알 수 없지만, 화를 내거나 수업에 소극적일 때 "낮말은 새가 듣고 밤 말은?"이라고 말하면 은이는 눈을 바로 뜨면서 (뭔가 재미있는 일이 생겼다는 듯이) "쥐가 듣는다!"라고 말했다. 은이가 알고 있는 속담은 꽤 많았다.

"가는 말이 고와야?"

"오는 말이 곱다!"

"백지장도?"

"맞들면 낫다."

속담사전을 참고하면서 은이와 이 놀이를 계속했다. 이런 식의 '뒷말 채우기'는 동화 듣기에도 응용이 가능했다. 예를 들면 〈꾀 부린 당나귀〉 이야기를 듣고 함께 줄거리를 정리했다.

"은이야, 옛날 옛날에 장사꾼이랑 당나귀가 살았대. 그런데 어느 날 짐을 싣고 장에?"

"갔어요!"

"그래 맞아. 장에 갔어. 가는데 갑자기 눈앞에 시냇물이!"

"나타났어요!"

이렇게 서술어를 채우고 그다음에는 스스로 줄거리를 말하는 연습을 했다. 뒷말 채우기에 비해 상대적으로 첫소리나 첫낱말 연상은 어려워했다. 〈여우와 두루미〉 이야기를 듣고 그림을 보여주면서 처음부터 설명하기를 시도했지만 쉽지 않았다. 은이는 천장을 바라보거나 고개를 떨구며 해야 할 말을 생각하다가 한숨을 쉬었다. 그럴 때는 첫소리를 단서로 주었다.

"옛날 옛날에 여, 여, 여로 시작하는 말?"

"여우가 살았어요!"

"그래 맞아. 여우가 살았어. 그랬는데 여우가 누구를 초대했을까?"

"두루미!"

의미 단서도 연상을 도울 수 있었다.

"여우가 어디에다 음식을 내왔을까? 납작하고 그 위에 음식 담는 거."

"접시!"

"맞아요. 여우가 어떻게 했어요?"

"접시에 음식을 담았어요."

때로는 CD플레이어나 MP3 플레이어에서 방금 나온 내용을 곧바로 다시 말하는 연습도 했다.

"서울 쥐는 시골 쥐를 초대했어요. 시골 쥐는 서울에 올라갔어요. 건물도 높고 차도 많았어요. (재생 중지) 자, 이제 은이가 방금 들은 이야기를 그대로 말해보세요."

은이는 가로세로 퀴즈 풀기도 좋아했다. 초등 저학년 수준의 어휘로 구성한 낱말 퍼즐을 글자와 함께 하나하나 맞춰나갔다.

"은이야, 이번에는 '항'으로 시작하는 낱말이야. 모두 세 글자네. 여기에다 된장, 고추장, 이런 거 담아둔다. 뭘까요?"

"항아리!"

"오! 맞아요. 은이가 맞췄어요. 항. 아. 리. 좋아요. 이번에는 리, 리, 리 자로 끝나는 말이네요. 이번에도 세 글자예요. 봄이면 겨울잠에서 깨어나요. 폴짝폴짝 뛰어다니죠. 올챙이가 변해서 이게 돼요."

어떤 날은 수업이 10분 이상 밀도 있게 진행되었지만 그렇지 못한 날도 많았다. 곧바로 맥이 풀린다거나 풀이 죽은 모습을 보였다. 그런 날은 풍선 놀이를 했다. 은이는 휠체어에 탄 상태에서 손으로 풍선을 쳐 올렸다. 그렇게 배드민턴공처럼 풍선을 주고받고 나면 조금은 활기가 돌아왔다.

그렇게 은이와의 수업은 만 3년 가까이 진행되었다. 그러던 어느 날, 수업 하루 전 은이 어머님이 전화를 주셨다. 통화 버튼을 누르자 한동안 말씀이 없다. 느낌이 좋지 않았다. 잠시 후 전화기 너머에서 깊이 잠긴 목소리가 들려왔다.

"선생님, 은이가 어제 하늘나라에 갔어요."

그전에도 며칠씩 입원 치료를 받았다. 자다가 호흡곤란이 와서 응급실 신세를 진 적도 있었지만 심각한 상태까지 간 적은 없었다. 이번에도 그럴 것으로 생각했지만 예전과 달리 은이는 집으로 돌아오지 못했다.

장례식장에서 은이 식구들을 만났다. 모두 검은 상복을 입고 있었고 나는 그 상황을 도무지 실감할 수 없었다. 일지에 수업 종결 사유를 'ct(클라이언트) 사망'으로 적어 넣었을 때도 그랬다. 다음 주면 다시 만나 속담 놀이를 할 것만 같았다.

어머니의 전화를 받은 다음 날부터 수업 시간표에 공백이 생겼다. 그리고 그 공백은 새로운 아이와 수업을 하게 되면서 곧 채워졌다. 그렇게 잊히는 듯했던 은이를 다시 만난 건 1년이 지났을 무렵이었다.

허둥지둥 버스에서 내려 방문지로 향하는데 등 뒤에서 누군가 “선생님” 하고 부른다. 뒤를 돌아보니 은이 어머니다. 그러고 보니 은이가 살던 집 근처다. 나는 반갑게 인사를 드렸다.

“은이가 선생님을 불렀나 봐요.”

어머님이 말씀하신다. 어리둥절한 내 얼굴을 보더니 쓸쓸히 웃으며 “오늘이 은이 기일이에요” 하신다. 그 순간 1년 전 짧은 생을 마감한 한 아이의 존재가 다시금 되살아났다.

“그때 인사를 못 하고 가서 서운했나 봐요.”

어머니가 말씀하신다.

나는 다시 한번 위로의 말씀을 전하고 돌아섰다. 방문지로 이어지는 골목길을 걸으며 마음속으로 말했다.

“은이 미안. 선생님이 그동안 잊고 지냈어. 함께했던 시간 오래오래 기억할게.”

## 은이에게

언어치료사 생활을 하면서 세 번의 죽음과 마주쳤다. 그중 은이 네가 가장 처음이었지. 그때 나는 죽음에 대해 할 말이 없었다. 어느 순간 모든 것이 멈추고 사라진다니. 인정하고 싶지 않았던 모양이다. 누구나 죽음을 맞이한다는 사실을 말이야.
솔직히 말하자면, 그냥 네가 과거의 그 시간 속에서 영원히 살고 있을 것만 같았다. 하지만 그것 역시 네게는 잔혹한 일이겠지. 우리가 만나기 10년 전으로 돌아가는 편이 낫겠다.
그렇다면 그렇게 하자. 미래와 가능성으로 가득 차 있던 그 시절로 돌아갔다고 생각하기로 하자. 세상 모든 것과 소통하던 그 시절로 말이야.
안녕. 은이야, 이제 비로소 이별하자. 우리는 모두 다시 만날 거야. 그 사실이 위안이 될 수 있었으면 좋겠다. 이렇게밖에 말하지 못하는 나를 용서해주렴.
맑고 밝은 아침, 햇살이 곱게 비추던 어느 날.
선생님, 네가 놀다 간 자리에 국화 한 송이 두고 간다.

화니의 첫인상은 '조용한 아이'였다. 재미있는 일이라곤 하나도 없는 세계에서 나고 자란 사람 같은 얼굴, 은밀하게 주위를 탐색하는 듯한 눈, 상대의 경계심을 누그러뜨리는 모나리자를 닮은 미소쯤으로 화니를 설명하기에는 뭔가 부족하다. 그해 중학교 졸업반이던 화니는 엿볼 수도, 발 들일 수도 없는 외딴 섬 같은 아이로, 보는 이의 마음을 복잡하게 만드는 재주가 있었다.

다른 자폐성 장애 범주에 속하는 아이들에 비해 행동이 과장되거나 목소리가 크지 않았다. 상담하는 동안 화니는 치료실 이곳저곳을 유심히 관찰하고 내 눈치를 살폈다. 화니 어머니는 화니가 글을 읽고 쓸 줄 알며 웬만한 이야기는 눈치껏 알아듣는다고 했다. 화니를 관찰해보니 전반적으로 말이 없는 편이나 구절이나 단문으로 자기가 원하는 것, 하고 싶은 것 등을 먼저 말할 수 있었다. 간단한 질문에 대답할 수 있지만 방법이나 원인, 시기 등을 묻는 질문은 대응이 어렵다.

어휘력 검사 결과는 수용과 표현 모두 22개월 수준이다. 일상생활에서 자주 쓰는 명사와 동사 일부를 알고 있지만 형용사나 기타 개념어 등은 어렵다. 전체적인 언어발달 정도를 측정해보니 약 27개월 수준이었다. 우리 나이로 세 살 아이 수준의 언어 기능을 지닌 열여섯 살 청소년으로 보면 될 듯했다.

이마와 콧잔등에 여드름이 송송 나 있는 사내아이가 다소곳하게 앉아 선생님의 지시를 기다리는 모습은 귀엽다 못해 인지부조화에 가까운 감정을 느끼게 했다. 앞으로 화니와 무엇을 해야 할지 결정해야 했다. 먼저 대화를 시도해보았다.

"화니야, 반가워."

"반가워."

"내 이름은 김지호야."

"김지호."

"이름이 뭐니?"

"이름이 뭐니?"

"화니야, 네 이름은 화니야."

"화니."

"그래 화니구나. 반가워 화니야. 우리 여기서 뭐 할까? 화니, 게임 좋아해?"

"게임 좋아해."

"자, 여기 카드랑 말이 있어요. 여기가 출발 저 끝이 도착. 알겠지?"

"알겠지?"

게임을 시도하면서 이것저것 묻고 답하기를 했다. 자기 차례를 마쳤을 때 "선생님 하세요"라고 말하거나 "이번엔 누구 차례지?"라고 물었을 때 "저요"라고 대답하는 식으로 연습했다. 치료사의 질문을 따라 말하는 경우가 많았고 몇 개의 단계로 이루어진 게임을 진행하는 데는 무리는 없었다.

보드게임은 상호작용을 촉진하고 공동행위를 유지하는 데 효과적이다. 다행히 화니는 '과제'가 아닌 '게임'이라는 말에 저항감이 덜한 듯 보였다. 화니 어머니의 말씀에 의하면 아이가 아주 어렸을 때부터 언어치료, 사회성 치료 등 각종 치료를 받아왔으며 강압적이거나 반복적인 학습에 거부 행동을 보인다고 한다.

실제로 내가 만나본 청소년기 아이들 상당수는 영유아기 때부터 각종 치료 수업을 받아오고 있었다. 이들 수업은 지체된 특정 영역의 기능 증진을 목표로 하며 기본적으로 '보상과 패널티' 전략이 적용된다. 즉, 잘하면 칭찬을 받지만 못하면 다시 해야 하거나 잘할 때까지 냉랭한 분위기 속에서 반복 연습을 해야 한다. 아이들로서는 스트레스를 받을 수밖에 없다. 그렇다고 해서 이런 특별 수업을 외면할 수는 없다. 일반 어린이집-유치원-초중등학교에서 이루어지는 수업은 따라가기도 어렵고 취약한 부분을 보강해주지도 못한다. 일종의 딜레마다.

강압적인 수업 분위기에 노출된 아이들은 문제행동을 보인다. 교구를 치우거나 착석을 거부한다. 심한 경우는 상대를 꼬집거나 물기도 하고 이와 똑같은 행위를 자기 몸에 가하는 자해·폭력 행동을 보인다.

아이들이 보이는 문제행동은 그 양상이나 강도가 모두 다르지만 공통적으로 일종의 단계를 보인다. 처음은 '회피'로 시작한다. 주어진 과제를 피해 딴청을 부리거나 자리에서 이탈한다. 보통 이런 경우 아이가 흥미를 가질 만한 과제를 제시하거나 보상물(사탕 같은)로 착석을 유도한다. 때로 강압도 동원된다. 강제로 착석시키거나 말이나 행동으로 위협한다. 책상을 두드리거나 "그러면 혼나!" 하는 식으로 아이에게 메시지를 전한다. 겁에 질린 아이는 의자에 앉아 과제를 억지로 수행한다.

그러다 거부 행동이 본격화된다. 패널티를 받을까 두려워 순순히 과제를 수행하던 아이는 어느 순간 참을 수 없는 지경에 이른다. 처음에는 앞에 놓인 교재를 던지는 식으로 자신의 뜻을 전한다. 안 통한다 싶으면 강도를 높여 나간다. 책을 찢거나 물건을 집어던진다.

적대적 행위는 결국 '사람'을 향하게 되고 상대를 꼬집거나 할퀴거나 때리는 폭력으로 이어진다. 침을 뱉거나 소변을 보는 아이들도 있다.

이런 행동들은 또 다른 폭력을 불러온다. 아이가 때린다고 해서 같이 때리는 치료사는 없다. 하지만 치료실 밖에서는 상황이 다르다. 상대에게 위해를 가한 아이는 곧 완력으로 제압당하고 매를 맞거나 갇힐 수 있다.

여기서 끝이 아니다. 아이들의 거부행위가 도달하는 마지막 단계는 무기력이다. 회피하고 적극적으로 거부하고 급기야 폭력을 행사하던 아이들은 그 모든 것이 아무런 소득 없이 끝났을 때, 그리고 그 대가로 더 큰 폭력과 거절을 만났을 때 무기력에 빠진다.

이런 아이들은 겉보기에 조용하다. 낯선 장소, 낯선 사람의 눈치를 보긴 해도 문제행동을 일으키지는 않는다. 하지만 치료사로서는 가장 어려운 대상이다. 왜냐하면 외부적 자극에 반응을 보이지 않기 때문이다. 소통 의사를 접은 상태라 상호작용이 어렵다. 언어적 기술을 배울 가능성이 없다는 뜻이다. 게다가 문제행동이 언제 어떻게 나올지 모른다. 예기치 못한 순간 강력한 거부 행동을 보일 가능성이 잠재되어 있는 상황이라 매번 주의를 요한다.

화니는 어디에 속하는 아이였을까. 나는 사전에 이 아이가 아주 어렸을 때부터 치료교육을 무리할 정도로 많이 받아왔다는 사실을 알고 있었다. 전국의 소문난 병원과 치료실을 빠짐없이 다녀보았다는 이야기는 치료사들 사이에서 유명했다. 화니의 수업 시간표는 언어는 물론 인지, 놀이, 감각통합, 특수체육, 사회성 프로그램, 각종 행동 조절 프로그램 등으로 빼곡히 채워져 있었다.

이러한 사전 정보 때문인지 자꾸만 화니의 무기력한 눈을 볼 때마다 이 아이가 겪어왔을 '어떤 과정'이 떠올랐다. 정보의 일부만 편취하면서 선입견을 강화하는, 치료사로서 피해야 할 태도였지만 안타까운 마음이 드는 건 어쩔 수 없었다.

실제로 화니는 예측할 수 없는 순간 돌발행동으로 주위 사람들을 당황하게 했다. 집과 치료실을 오가는 사이 갑자기 손을 놓고 어디론가 뛰어갔다. 차들이 질주하는 도로를 가로지르는 위험천만한 상황도 있었다. 그럴 때면 경찰의 도움을 받아야 했다. 학교 주위를 배회하다가 발견된 적도 있고 시장이나 공원 등지를 목적 없이 돌아다니다가 붙잡힌 적도 있다.

자폐성 범주 아이들은 특정 감각에 예민하거나 둔감하다. 여기서 상동행동이 발생하고 이는 주변 사람들, 특히 보호자의 강압적 통제를 불러오는 주요 원인이 된다. 내 아이가 다른 사람들 눈에 이상한 아이로 비치는 것을 감당하기란 쉽지 않다. 그래서 보통은 그 행동을 제지한다. 눈앞에서 손가락을 흔드는 행동을 막기 위해 팔목을 잡고, 제자리에서 뛰는 행동을 못 하도록 허리춤을 붙든다. 축축한 물건을 만지기 좋아하는 아이에게서 그 물건을 빼앗고 소리에 민감한 아이가 귀를 막고 있으면 얼른 손을 귀에서 떨어뜨린다.

'신뢰'에 금이 가기 시작하는 순간이다. 아이 입장에서 생각하면, 가장 가까운 사람이 하고 싶은 일을 못 하게 하거나 하기 싫은 일을 억지로 하게 한 경험이다. 1차적 인간관계인 가족을 장애물로 인식한 아이는 회피 혹은 공격적인 행동을 키운다. 당연히 사회성이 손상될 가능성이 크다.

아이들은 자신의 행동이 사회적으로 통용되지 않는다는 걸 알아야 한다. 보호자 역시 이런 아이들의 행동이 사적인 동기(일부러 다른 사람들을 당황하게 하려고)에서 나오지 않는다는 걸 이해해야 한다. 그러나 그렇게 되기까지 너무도 오랜 시간이 걸린다. '언어'의 부재 때문이다.

그렇다면 이러한 문제행동을 막을 방법은 없을까?

나는 먼저 '문제행동'과 '상동행동'을 분리해야 한다고 생각한다. 의도가 없는 행동, 즉 장애의 특성으로 인해 발생하는 상동행동은 없앨 수 없다. 안전한 환경에서 해당 행동을 즐기게 하는 편이 최선이다.

특정 소리 자극에 민감한 아이는 해당 소음에 노출되면 귀를 막거나 소리를 지르는 등 극도로 불안정한 행동을 보인다. 이런 행동을 막을 수는 없다. 대신 그런 소리가 들리는 장소에 가지 않거나 귀마개를 하는 식으로 완화할 수 있다.

시각적으로 둔감한 아이들은 빙글빙글 돌아가는 자극을 즐긴다. 그래서 선풍기 앞에서 한참을 앉아 있거나 자동차 장난감만 보면 바퀴를 굴린다. 이런 행동은 막아도 그때뿐이다. 그보다는 위험하지 않은 상황에서 즐길 수 있도록 하는 게 좋다. 예를 들어 제자리에서 뛰는 아이들은 가정용 트램펄린을 두거나 그네 타기 등을 통해 해당 자극을 즐기도록 해주는 식이다. 특정 조건에서 자신이 좋아하는 행동을 맘껏 할 수 있다는 걸 알게 되면 자기 스스로 그 조건에 맞출 가능성이 크다.

반면 문제행동은 어떤 의도를 갖고 아이가 취하는 행동이다. 이는 소거가 가능하다. 다만 강압에 의한 일시적인 소거는 반드시 다른 문제행동으로 이어진다. 장기적으로 계획을 잡고 의도와 행동을 분리하여 의도는 받아주되, 행동은 사회적으로 용인될 수 있는 것으로 전환시키는 방식이어야 한다.

예를 들어 어떤 아이가 숟가락으로 밥 먹기를 거부할 수 있다. 이때는 강압적으로 먹이기보다는 이유를 먼저 보아야 한다. 특정 식재료가 혀에 닿는 감각이 싫어서일 수 있고 앉아 있는 자세가 불편해서 그럴 수도 있다. 숟가락의 차가운 감촉에 예민해서일 수도 있고, 숟가락을 던졌을 때 보이는 보호자의 표정이 재미있어서 그럴 수도 있으며, 포물선을 그리며 떨어지는 모양, 땡그랑 하고 바닥에 부딪혔을 때 나는 소리가 재미있어서 그럴 수도 있다.

이 중 어떤 게 아이의 동기인지를 살펴야 한다. 그럼 자연스럽게 대안이 나온다. 식재료를 바꾸거나 장소나 자세를 바꿀 수 있고 숟가락의 재질과 크기를 바꾸거나 숟가락을 던져도 아무런 표정 변화를 일으키지 않음으로써 던질 만한 동기를 없애는 것도 가능하다. 그래도 계속 숟가락을 던진다면 재미로 그럴 수도 있으므로 식사를 하면서, 하기 전에 안전하게 던질 만한 물건을 쥐여주고 놀이 삼아 던지게끔 할 수도 있다. 이를테면 양말 뭉치를 손에 쥐여주고 던지게 한 다음 밥 한 숟갈 먹기, 또 던지고 또 한 숟갈 먹기도 괜찮다.

이렇게까지 해야 하느냐고 되물을 수도 있다. 모든 문제행동은 아주 작은 곳에서 미미하게 시작된다. 그러다 점점 그 강도가 세지기 마련이다. 아이의 덩치가 커져 더는 물리적으로 제어할 수 없는 시기가 오기 전에, 돌이킬 수 없을 정도로 신뢰가 손상된 상황이 오기 전에, 아이에게 수용의 경험이 쌓이게 해주어야 한다.

문제행동은 사회성의 영역이다. 아이들은 해도 되는 것과 하지 말아야 할 것을 배워야 하며 그 시작은 보호자와의 '관계'에 있다. 언어에 서툰 아이들일수록 여기에 더 많은 노력이 필요하다.

중학교 3학년 때 시작한 화니와의 수업은 이후 3년간 이어졌다. 화니는 자기 목소리로 녹음한 〈이솝 우화〉를 듣기 좋아했다. 단계가 복잡하지 않은 보드게임을 했고 쓰기를 통해 문장을 익혔다. 그러는 동안에도 치료실에 오다가 사라져버려 경찰이 찾아 데려오는 일이 몇 차례 있었다. 그런 날에도 화니는 평소와 다름없는 차분한 얼굴로 수업에 참여했다. 종결 시점에는 이전보다 따라 말할 수 있는 문장의 길이가 늘어났다. 그러나 여전히 표현은 드물었고 자기 상황에 대한 이해(지금 나는 어디에서 무엇을 하고 있나)가 불완전했다.

화니가 고등학교를 졸업하면서 수업은 종결되었다. 짧지 않은 시간이었고 우리는 많은 일을 함께했다. 화니가 웃는 모습을 볼 수 있었으면 하는 희망은 이루어지지 않았지만, 처음 만났을 때 보였던 경계심이 수업 마지막 날에는 느껴지지 않아 헤어지는 마음이 무겁지 않았다. 마지막 일지를 적으며 화니가 앞으로 사회생활을 하게 되면서 만날 많은 사람 앞에서도 그런 모습으로 설 수 있었으면 좋겠다고 생각했다.

## 화니에게

네 속마음이 궁금할 때가 있었다. 함께 게임을 하면 정말 기분이 좋은지. 내게 칭찬을 받으면 기쁜지. 네 목소리로 직접 녹음한 〈개미와 배짱이〉를 들으면 어떤 생각이 드는지.

"화니야, 여기가 어디야?" 하고 물었을 때 당황하던 네 얼굴이 떠오른다. 그때 너는 정말 어디에 있었던 걸까. 우리가 한 장소에 있다는 게 무슨 의미일까. 네가 만났던 수많은 사람 중에서 나는 또 한 명의 치료사로 남을까.

아니, 내가 특별한 사람으로 기억되고 싶다는 뜻은 아니다. 그냥, 너와 있으면 늘 독백을 하는 기분이 들었다는 말을 하고 싶기 때문이다. 어쩌면 나는 너에 대해 몰랐고 기억 속 너는 내가 투영했던 이미지에 불과한 건 아닌가 싶은 생각이 든다.

우리에게 언어가 없다면 모두가 '나'일까? 아니면 모두가 '너'일까. 우리는 서로에 대해 얼마만큼 이해하고 있는 걸까. 너에게 필요한 것은, 또 내게 필요한 것은 무얼까?

편지에 질문만 가득하게 적어 넣고 나니 멋쩍다. 화니 너의 깊은 표정이 떠오른다. 나도 네 나이 때는 너만큼이나 조숙한 얼굴을 하고 있었지. 사람이 성장한다는 건 그만큼 말을 잃는다는 뜻일까.

우리가 말없이 즐거웠던 시간을 가졌다고 생각하기로 하자.

지금 어엿한 청년이 되었을 화니야, '지금 어디야?'라는 질문에 당황하지 않고 말할 수 있는 사람은 많지 않다. 편지를 쓰는 시간, 새삼 너에게 던졌던 수많은 질문이 내게로 되돌아오는 것 같다. 지금 어디인지, 무엇을 하는지, 어디로 가는지.

다음에 만나면 꼭 함께 이야기해보도록 하자.

"선생님, 고생이 많으십니다. 저, 진이 아빠예요."

다소 긴장한 중년 남성의 목소리였다. 나는 어린이집 공용 공간에서 식사를 하고 있는 진이를 건너다보며 간단히 자기소개를 했다. 그리고 오늘 있었던 수업 내용을 말씀드렸다.

"아직 말로 표현하지는 않습니다. 그래도 고개를 끄덕이면서 제 말에 반응하고 손을 잡아끌면서 저한테 뭔가를 요구할 때도 있어요. 하기 싫을 때는 '으' 같은 소리로 뜻을 전합니다. 의사표현 의도가 분명하니 연습을 통해 이를 낱말 표현으로 유도하고자 노력 중이에요."

"그러게요. 집에서도 영 말을 못 하고…. 애 엄마도 외국 사람이다 보니 어떻게 해야 할지 모르더라고요. 저도 지금 일 때문에 계속 지방에 있다 보니 신경을 못 쓰고 있어요. 선생님만 믿습니다. 우리 진이 어떻게 말 좀 하게 해주세요."

진이 아버지는 공사현장을 따라 지방을 도는 일이 잦았다. 결혼과 함께 한국에 이주한 진이 어머니는 깊은 우울증을 앓고 있다고 한다. 집 밖으로 나가지도 않고 혼자서 종일 텔레비전만 본다고 한다. 다행히 이곳 장애아동 전담 어린이집에서 제공하는 통학버스를 통해 등하원을 할 수 있었고 원장 선생님 소개로 언어치료 수업을 시작했다.

아버지께 언어 수업 외에도 몇 가지 필요한 치료 수업을 알려드렸다. 어머니가 아이를 데리고 다니지 못하는 상황이라면 활동보조 서비스를 신청하시라고 했다.

우리 나이로 5세가 된 진이는 염색체 질환을 앓고 있으며 이로 인해 신체 발달은 물론 인지·언어발달 등이 지체된 상태였다. 외형적으로 몸에 비해 머리가 크고 또래보다 체격이 왜소하다. 관찰과 질문지를 통한 언어 평가를 해보니 겨우 12개월 수준이다. 발성이 어렵다 보니 의미 있는 구어표현이 없고 대신 손을 모으거나 꼬집어서 상대의 주의를 끄는 식이다. 상황 인식이 좋아서 그때그때 필요한 일을 어른들에게 요구할 줄 안다.

음악을 틀고 율동을 할 때면 방실방실 웃으며 몸을 움직이는 진이는 귀여운 아이다. 어린이집 선생님들은 어디선가 갑자기 나타나 간식을 요구하거나 그저 안아주기를 바라는 진이를 아낀다. 진이와 한 달가량의 수업을 진행한 후에 다음과 같은 목표를 세웠다.

**첫째, 시선 맞추며 과제나 놀이를 유지하기**

우리는 어린이집 근처에 있는 공원 놀이터를 즐겨 찾았다. 진이는 스프링 목마와 시소 타기를 특히 좋아했다. 몸이 위아래, 양옆으로 흔들릴 때마다 방긋 웃으며 몸을 떨었다. 그 앞에 쪼그려 앉으면 자연스레 눈을 맞출 수 있다. 흥에 겨워 눈을 감거나 지나가는 고양이에 시선을 빼앗길 때도 있었지만 그럴 때면 움직임을 멈춰 상황을 환기시키고 집중을 유지했다. 그렇게 10분 이상 놀이를 유지할 수 있었으니 첫 번째 목표는 무난히 달성한 셈이다.

**둘째, 소리 모방하기**

이 부분은 진이의 노력이 좀 더 필요했다. 진이가 들려주는 소리는 '마' '바' 같은 입술소리였다. 이를 다양한 소리로 확장시켜야 했다. 목마를 태우다가 멈추고 '다' '가' 등의 소리를 들려주며 진이가 따라 할 때까지 기다렸다. 마침내 진이가 입을 열어 소리를 내면 인정! 이제 진이는 즐겁게 목마를 계속 탈 수 있다.

실내에서도 발성을 위한 연습들을 진행했다. 빨대로 거품을 만들고 휴지를 불어서 날리는 연습, 혀의 움직임을 다양하게 조절하는 연습 등은 진이가 좀 더 집중해서 수행해야 할 과제였다.

**셋째, 제스처나 음성으로 대답하기·요구하기·선택하기**

세 번째 목표는 놀이 장소로 이동하기 전과 이동하는 동안 놀잇감 고르기 상황에서 유도할 수 있었다.

어린이집을 나와 놀이터가 바라보이는 인도 위에 아이의 손을 잡고 서서 아이에게 묻는다. "진이야, 우리 놀이터 갈까요?" 아이가 고개를 끄덕이면 이동하고 가만히 있으면 고개를 끄덕이거나 손으로 놀이터 쪽을 가리키라는 신호를 준다. 이러면 나중에 다시 멈추어 서서 같은 질문을 했을 때 고개를 끄덕일 확률이 높다. 실제로 진이는 고개를 끄덕이거나 가로젓는 식으로 치료사의 질문에 반응할 수 있었다.

한번은 진이가 손을 잡고 어린이집 바깥으로 나가자고 재촉한 적이 있다. 몸짓을 통한 의사표현이 나왔으니 이를 구어로 확장할 순간이었다. 아이와 눈을 맞추고 "오이어"라고 말했다. '놀이터'에서 자음만 뺀 3음절을 따라 하라는 신호였다. 놀랍게도 진이는 60~70퍼센트의 명료도로 해당 음절을 모방했다! 세 번째 목표도 성공.

**넷째, 신체·가족·일상사물의 이름 익히기**

낱말 익히기는 보통 보기·듣기와 모방으로 이루어진다. 그림카드를 제시하고 치료사가 이름을 말하면 아이가 따라 하는 식이다. 실외에서는 좀 더 실감 나게 이 일을 할 수 있다. 진짜 사물을 보고 듣고 만질 수 있으니 지루함도 덜하다.

놀이터에는 계절마다 꽃이 피었다. 덕분에 개나리·진달래·민들레 등 봄꽃의 이름을 알려줄 수 있었다. 계단과 의자, 안내판에 그려진 그림, 길거리 풍경 등 아이가 배울 만한 낱말들은 사방에 널렸다. 무엇보다도 놀이터는 자기 몸과 관련한 낱말들을 배우기에 좋은 장소였다. 우리는 시소를 타면서 손·팔·다리·발·엉덩이·머리·등과 같은 말을 배웠다. 진이는 따라 하지는 못했지만 내가 말하는 몸의 부분을 움직이는 게 가능했다. 눈치껏 따라 하는 모양새였지만 그래도 평소보다 많은 낱말에 노출될 기회였다.

그렇게 4년 동안 진이와 언어치료 수업을 했다. 하지만 종결 시점까지 진이는 여전히 의미 있는 말 표현이 없었고 진이 아버지는 이를 무척 안타까워했다. 치료사로서 아버지께 드릴 수 있는 조언이 많지 않았다. 다만, 진이가 그동안 수용언어가 늘어서 어른들의 요구에 눈치껏 행동하는 경우가 많아졌다는 걸 위안 삼아야 했다. 얼마 후 진이는 아버지를 따라 이사를 갔다.

"거기 특수학교가 있어서 진이가 오랫동안 다닐 수 있대요. 진이 이모도 거기에 있고 해서 제가 결심을 했습니다. 계속 이렇게 떨어져서 지낼 수가 없잖아요. 그동안 고마웠어요. 선생님, 애 많이 쓰셨습니다."

"네, 아버님. 걱정 많이 되시겠지만 진이가 꾸준히 성장하고 있으니 앞으로는 더 좋아질 거예요. 이사 가면 가족과 함께 할 수 있는 시간이 많아질 테니 진이도 좋아할 거고요. 아버님, 늘 건강하시고요. 진이 어머니도 얼른 회복하셨으면 합니다.

감사했습니다."

말씀은 그렇게 드렸지만 마음 한구석은 허전했다. 진이가 정말 기적처럼 "엄마, 아빠"라고 말할 수 있으면 얼마나 좋을까. 그런 상상을 하면서도 치료사로서 회의가 느껴졌다.

'혹시 내가 마음에 들지 않아서 말을 안 하는 건 아닐까?' '다른 사람을 만났으면 좀 더 잘될 수 있지 않았을까?' '어쩌면 내가 무능력한 치료사인 건 아닐까?' 비약이 심하다는 걸 알면서도 어쩔 수 없다. 시간이 지나면 이런 생각들이 잦아들긴 하지만, 언제 또 휩싸일지 알 수 없는 일이다. 그럴 때면 이렇게 생각을 정리한다. 언어치료만으로는 한계가 있다. 진이가 가진 장애를 말끔히 씻어낼 수도 없고 발성조차 힘들어하는 아이의 상태를 바꿀 수도 없다. 현재로선 아이의 잠재능력을 최대한 끌어내는 게 최선이다. 아이는 성장하는 존재이고 그사이에 많은 변화가 있을 수 있다.

진이에게 의미 있는 대화 상대가 되고자 노력했다고 생각하기로 한다. 우리가 놀이터에서 나누었던 말들, 진이가 행복할 때마다 짓는 표정과 소리들을 떠올리면 나도 모르게 웃음이 나온다. 그때 우리는 친구였다. 아마 진이도 그렇게 생각했을 것이다.

## 진이에게

말이 필요 없는 세상에 살면 얼마나 좋을까? 마음을 굳이 언어로 표현하지 않아도 되는 이심전심의 나라 말이야.

그런데 진이야, 우리에게 그런 순간이 있었다는 걸 아니? 나는 네가 시소 타기를 좋아한다는 걸 알았고 너는 나와 함께 시소 타러 갈 때를 알았지. 나보다 먼저 신발을 신었고 내 손을 꼭 붙잡았다. 너는 길 건너 카센터에 들고나는 자동차들을 유심히 살펴보았고 발아래 줄지어 지나가는 개미 떼를 관찰하기도 했다. "저건 자동차" "이건 개미" 하고 이름을 알려줄 때면 너는 '그게 다 뭐야?' 하는 얼굴로 나를 빤히 쳐다보곤 했지. 마치 '이름이란 쓸모없는 거야'라고 말하는 듯했다. 정말 그럴지도 모르겠어. 그래서 너와 함께 있으면 그렇게 편했는가 보다. 네가 한 번도 내 이름을 부른 적이 없어서 더 그랬나 보다.

네가 시소 맞은편에 앉아 붕붕 떠오르는 걸 보고 있으면 "지호야, 너무 재밌어! 더, 더, 더 높이 올려줘"라고 말하는 것 같았다. 그렇게 너와 30여 분을 실컷 놀고 나면 엄청나게 많은 말을 나눈 것 같은 기분이 들었다. 내 이름을 부르지 않아도 그렇게 친숙한 느낌을 주는 사람은 진이 네가 유일했다.

아마도 내가 그 상황을 자연스럽게 받아들였기 때문이겠지. 너는 말이 필요 없는 사람. 이름을 부르지 않는 사람. 내가 물어도 대답하지 않는 사람.

나는 네가 보통의 아이들과 대화를 나눌 수 있기를 바랐지만 그렇게 되지는 않았다. 네 아버지가 걱정하듯이 '영영 한마디도 못 하고 마는 건 아닐까' 하는 생각에 절망감에 빠지기도 했다. 하지만 달리 생각하기로 했다. 네 뜻을 알아주는 사람이 더 많아지면 되겠다. 너에게 익숙해지면 서로 편해지겠다. 손짓과 몸짓으로도 대화할 수 있으면 되겠다. 너와 즐거운 시간을 많이 갖고 추억을 쌓아 가면 되겠다. 이름 붙일 수 없고 말하여질 수 없지만 네 가슴에 새겨질 아름다운 무늬를 느끼고 공감할 수 있으면 되겠다.

진이야, 시골 생활이 네 어머니의 마음의 병을 치유할 수 있기를, 주변에 네 가족을 도와줄 사람들이 더 많아지기를 바란다. 그리고 이 편지가 부디 부족한 언어치료사의 변명이라고 생각하지 말아주었으면 해.

이제 곧 겨울이 올 모양이다. 따뜻한 옷 잘 챙겨 입고 다가올 계절을 준비하렴. 그때가 되면 우리가 하지 못한 눈사람 만들기도 할 수 있을 거야.

# 2부 완벽한 소통의 순간

# 완벽한 소통의 순간

"안녕, 네가 민이구나?"

동화책이 촘촘한 책꽂이와 빨래가 널린 러닝머신이 서 있는 거실 바닥에서 무언가에 골몰하던 아이가 퍼뜩 고개를 든다.

"뭐 해 인사드려야지, '안녕하세요' 해."

어머니가 우유와 과일을 내오시며 아이에게 말한다. 아이는 못 들은 척 어머니 뒤로 가 숨는다.

"세 살 때인가 말을 더듬기 시작하다가 이듬해에는 조금 나아졌죠. 그런데 요즘 또 심해졌어요."

어머니께서 서류 봉투를 건네며 민이 상태에 대해 말씀하셨다. 대학병원에서 받은 유창성검사 결과지이다. 결론 부분에는 민이가 '심한 말더듬'에 해당한다고 적혀 있다. 아이가 듣고 있다는 사실이 신경 쓰였다. 어머니께는 수업 후에 다시 상담하겠다고 말씀드리고는 아이와 함께 공부방으로 갔다. 어머니는 떨어지지 않으려는 민이 손에 초콜릿을 쥐여주고는 안방으로 들어가셨다.

"이름이 뭐야?"

"민이"

민이의 입과 손가락 주위 초콜릿 자국이 점점 커진다.

"나는 누굴까?"

"그, 그, 서, 선생님."

"그래 오늘부터 공부도 하고 게임도 할 언어 선생님이야. 게임 좋아해?"

"게임, 게임, 게임 뭐요?"

아이의 눈이 반짝한다.

민이는 만 4세가 지났으며 우리 나이로 여섯 살 된 사내아이다. 관찰 결과 음절, 낱말 반복, 말 막힘, 회피 같은 말더듬 증상이 있었으나 이외의 언어적 문제는 보이지 않았다. 어휘력 검사 결과도 정상 발달이었다. 전반적으로 목소리가 크고 말 속도가 빨랐으며 어깨에 힘이 잔뜩 들어가는 등 긴장도가 높았다. 대화 시 화제 유지 시간이 길지 않았으며 거부 행동이 빈번했다. 어려운 과제를 회피했으며 좋아하는 것, 혹은 잘하는 활동을 반복하고 싶어 했다. 성격이 급하고 경쟁심이 있어 빨리 승부를 내고자 무리했으며 자신이 원하는 대로 잘 안 되면 쉽게 우기거나 화를 냈다.

말더듬에서는 정서적인 요소도 영향을 미친다. 내가 만나 본 말더듬 아이들은 말이 빠르고 성격이 급했으며 자기 위주 혹은 주도적 성향이 강했다. 몇 차례 수업을 진행하고 나서 다음과 같이 방향을 잡았다.

**첫째, 발화 시 긴장도 낮추기**

이를 위해 첫소리 부드럽게 시작하기, 작게 말하기, 긴 문장 끊어서 말하기 등을 연습하기로 했다. 말더듬 아이들은 쉴 틈 없이 말하는 경향이 있다. 그러다 보면 호흡이 딸리고 말문이 막힌다. 어깨에 힘을 풀고 복식 호흡을 하며 들숨과 날숨을 교차하는 발성·발음 연습도 하기로 했다.

손으로 탁자를 두드리며 일정한 속도로 그림책 문장을 따라 말한다거나 글자를 쓰면서 낱말을 말하는 식의 활동도 계획했다. 관심을 분산시켜 '말'에 대한 스트레스를 줄이려는 의도였다. '내가 말하고 있다는 사실'을 의식할수록 말더듬이 심해지는 경향이 있기 때문이다.

**둘째, 연상하기**

민이의 경우 특히 모르는 낱말 앞에서 말 막힘과 회피 현상이 나타났다. 여기서 '모른다'는 건 '생각이 나지 않는다'는 걸 의미한다. 알지만 잘 떠오르지 않거나 알듯 모를 듯한 상태에서 민이는 말을 더듬는다. 할 말이 바로 떠오르지 않는 상황이 순간적으로 공황 상태에 빠지게 하는 듯했다. 이에 어휘 목록을 늘리고 아는 낱말이라면 자연스럽게 떠올려 말로 표현할 수 있도록 연상하기 연습에 중점을 두기로 했다. 설명 듣고 낱말 말하기, 끝말잇기, 동물 이름 대기, 주머니에 든 모형 손으로 더듬으며 이름 말하기, 그림카드 뒤집으며 이름 대기와 같은 활동이 그러했다.

**셋째, 청각적 기억력 강화**

민이는 방금 들은 말을 다시 말하는 데 어려움을 보였다. 예를 들어 그림을 보며 "민아, 이건 나무늘보야. 귀엽지?"라고 말한 뒤 곧바로 "이 동물 이름이 뭐야?" 하고 물으면 말을 더듬거나 아예 입을 열지 못한다. 또한 4어절 이상의 문장, 예를 들면 "악어가 엉금엉금 파도가 철썩철썩" 같은 구절을 듣고 따라 하는 데도 어려움이 있었다.

당황해서 그럴 수도 있고 금방 '까먹어서' 그럴 수도 있다. 청각적 기억력이 떨어지는 아이들은 산만해 보인다. 어른이 한 이야기를 잘 이해하지 못하고 못 들은 것처럼 행동한다. 관심이 시각적 자극에 편중되다 보니 이리저리 흥미를 끄는 것들을 좇아 자리를 옮겨 다닌다. 민이도 그런 성향이 농후했다. 듣기 연습이 필요했다.

다행히도 민이는 '게임'과 '승부'에 강한 집착을 보였다. 산만한 아이를 수업에 집중시킬 강력한 동기를 찾은 셈이다. 과제를 마치면 바로 점수를 매기고 선생님보다 얼마나 많이 앞서고 있는지 보여주었다. 또한 중간중간에 보드게임을 하며 아이가 흥미를 잃지 않게 했다.

수업은 1년 6개월가량 진행되었다. 첫 6개월이 지나면서부터는 말더듬 증세가 완화되기 시작했으며 끝날 무렵에는 발화 시 말 막힘, 음절 반복, 회피 등 병리적 비유창성이 눈에 띄게 줄었다.

그럼에도 여전히 아쉬운 마음이 남는다. 부모 상담을 통해 아이가 불안해하는 이유를 점검해야 한다고 말씀드려야 했는데 그러지 못했기 때문이다.

"엄마 아빠가 싸워서 집안 분위기가 안 좋다거나 하면 애가 더 말을 더듬는 거 같아요."

지나가는 말로 어머님이 하신 말씀이었다.

말더듬은 거의 모든 아이들이 거치는 '과정'이다. 누구나 한 번쯤은 말을 더듬는다는 뜻이다. 다만 말이 한창 늘기 시작하는 3세 전후에 나타났다가 대부분 자연스럽게 사라진다. 민이도 그때쯤 말더듬이 생기기 시작해서 이듬해 강화되었다. 왜 민이는 자연스럽게 말더듬이 사라지지 않고 지금껏 이어졌을까?

말더듬의 원인은 아직 밝혀지지 않았다. 그러나 한 가지 확실한 것은 '환경적 요인'이 작용한다는 점이다. 즉, 아이가 말을 더듬다가 혼나거나 망신을 당하면 말더듬이 강화된다는 것이다.

민이에게는 형이 있다. 어머니 말씀으로 형은 똑똑해서 공부도 잘하고, 특히 말을 너무 잘한다고 한다. 자영업을 하시는 아버지는 다혈질에 욱하는 성격이다. 최근 사업에 어려움이 생기면서 부부 간 다툼이 잦다고 한다. 이를 종합해보면 한 가지 상황이 떠오른다. 어느 날 민이가 다른 모든 아이들이 그렇듯 우연히 말을 더듬는다.

"어, 엄마. 나 저거 사줘."

이때 민이는 다음과 같은 피드백을 받는다.

"야! 왜 말을 더듬어. 다시 말해봐, 똑바로 말하라고."

"네 형은 안 그런데 넌 왜 그래, 바보처럼. 도대체 누굴 닮아서 그 모양이야."

지적은 지적에 그치지 않는다. 아이는 말더듬으로 인해 못난 사람이 되었다는, 자기에게 뭔가 문제가 있다는 메시지를 받는다. 이는 발화 시 스트레스로 작용하고 '또 말을 더듬으면 어떡하지?' 하는 두려움에 점점 더 말을 더듬게 된다.

이런 상황도 가능하다.

어머니와 아버지가 심하게 다투고 있다. 형은 학원에 가고 없다. 집에는 아이뿐이다. 부모님이 싸우는 동안 어쩔 줄 몰라 하던 아이가 엄마에게 매달리며 애원한다. 그만 싸우라고. 하지만 말이 쉽게 나오지 않는다. 아이는 당황한다. 말을 더듬는다. 그러자 다음과 같은 비난이 들려온다.

"집에서 교육을 어떻게 했기에 애가 이 모양이야. 왜 말을 더듬어!"

"그게 지금 나한테 할 소리야? 애는 혼자 키우냐고!"

"야, 너 똑바로 말 못 해!"

아이들의 사고는 자기중심적이다. 모든 일의 원인을 자기로 돌린다. 그래서 부모가 싸우면 아이들은 잘못된 자기의 행동 때문에 이런 일이 벌어졌다고 쉽게 결론 내린다. 말을 더듬는 아이도 마찬가지이다. 가정의 불화를 자기 식대로 해석할 가능성이 크다. 아이가 말을 더듬는다고 해서 부모를 탓해서는 안 된다. 하지만, 정서적 요인이 아이의 언어발달에 분명한 영향을 끼친다는 점을 어른인 부모들이 알고 있어야 한다. 말더듬도 예외는 아니다.

말은 강물과도 같다. 아이들의 말은 어른들에 의해 받아들여져야 한다. 미숙하다는 이유로 비난받아서는 안 된다. 그래야 막히지 않고 유유히 흐를 수 있다. 앞으로 민이의 말도 그랬으면 좋겠다.

## 민이에게

약속 시간보다 일찍 도착할 때면 나는 아파트 화단 앞 벤치에 앉아 네가 유치원에서 돌아오기를 기다렸다. 이상하게도 그런 날은 날씨가 좋았다. 거기 앉아 있으면 등나무 잎을 흔드는 바람과 쏟아지는 햇살을 만끽할 수 있었지. 그래서일까? 그 자리를 사랑하는 사람은 나뿐만이 아니었어. 어느 날에는 한 사람이 책을 읽고 있었다. 그 옆에는 겨우 두세 살쯤 되어 보이는 아이가 노란 어린이집 가방을 베고 누워 있었지. 낮잠을 자는 듯했어. 민아, 나는 그런 풍경을 볼 때마다 네가 조금 더 늦게 왔으면 하고 바랐다. 내가 해야 할 일, 네가 말을 더듬고 있다는 사실을 잊고 말이야.

네게 편지를 쓰는 이 순간 왜 그런 풍경이 떠올랐을까. '가장 평화로운 순간, 완벽한 소통의 순간은 침묵이 지배하지 않을까' 하는 생각이 들었기 때문이다.

민아, 말이 생긴 이유는 '분리' 때문이야. 분리는 우리를 불안하게 하고 불안은 자꾸만 말을 우리 몸 밖으로 밀어내지. 그래서 말인데 민아, 너는 혼자가 아니야. 엄마 아빠가 싸운다고 해서 네가 나쁜 아이가 아니듯이, 네가 형보다 말이 어눌하다고 해서 사랑받을 자격이 없지 않듯이. 그건 명백한 사실이야. 어른들의 세계는 복잡해. 모든 사건이 너 때문에 일어날 만큼 단순하지 않아. 그러니 세상의 불화가 너 때문이라는 오해는 거두렴.

네 부모님은 너를 누구보다도 사랑한단다. 그러지 않았다면 내가 너를 만나는 일도 없었겠지. 어른들도 실수를 해. 네게 나쁜 말을 하고 후회하고 자책한단다. 말하지 않아도 네 가족은 항상 너를 생각해. 부모님이 화를 내는 건 부모로서 역할을 제대로 못 하고 있다는 생각에 괴롭기 때문이다. 결코 네가 미워서가 아니란다. 알겠지?

민아, 너는 항상 무언가에 쫓기듯이 말했고 쉽게 화를 냈으며 잘할 수 없는 것들을 두려워했다. 너는 불안했고 그래서 많은 말을 쏟아냈다. 엄마가 보이지 않을 때나, 아빠가 안방에서 자고 있을 때는 더욱 그랬다. 그렇게 네 안에서 말들이 몰려나올 때면 너는 말을 더듬었고 우리는 그 순간에서 벗어나기 위해 많은 연습을 했다.

하지만 살다 보면 그런 일은 다시 생길 거야. 그럴 때면 생각하렴, 이 세계는 보이지 않는 끈으로 연결되어 있고 그 안에 네가 있다고 말이야. 그러면 조금은 마음이 편해질 거야.

말없이 마음을 전할 수 있는 사람들을 많이 만나야 해. 역설적이게도 그게 우리가 낯선 이들과 끊임없이 말과 글을 나누는 이유란다. 이렇게 너를 기억하며 편지를 쓰는 것도 그런 믿음 때문이야. 우리는 서로 어떻게든 이어져 있단다. 그러니 외로워 마, 알겠지?

# 안녕, 우주비행사

신호가 바뀌자 무리 지어 있던 아이들이 횡단 보도를 건넌다. 일과가 끝난 모양이다. 교복을 입은 아이도 있고 신호가 깜빡이는 동안 뛰어가는 체육복 차림의 아이도 있다. 교문 앞에 대기하던 학원 차량에 탄 아이가 뒤 유리창에 딱 붙어 친구인 듯한 아이에게 손을 흔든다. 활기 넘치는 오후의 학교 앞을 지나며 시간을 확인한다. 학생증을 제시하면 음식값이 500원이나 할인되는 분식집을 지나 두 번째 골목에서 왼쪽으로 꺾어지면 세이네 집이다.

어머님이 먼저 전화를 주셨다. 방문수업이 가능한지 물었고 나는 가능한 시간대를 말씀드렸다.

다행히 수요일 오후에 수업 스케줄이 잡혔다.

수업은 거실에서 진행했다. 세이 할아버지께서 휠체어에 아이를 앉히고 벨트를 채웠다. 아이의 몸이 앞으로 기울지 않도록 어깨 쪽도 고정 끈을 단단히 채우고 고개를 뒤로 젖히자 비로소 세이가 나를 볼 수 있었다.

밤송이처럼 짧게 깎은 머리카락 아래 반들반들 윤이 나는 이마. 어린 나이답지 않게 인자하고 푸근한 얼굴이 무척 친근하다. '우리 언제 만난 적 있니?' 나는 마음으로 물었고 너는 그 앞이라면 세상에서 가장 나쁜 사람이라도 함께 웃지 않고는 못 배길 것 같은 귀여운 미소로 화답했다. 그러고는 곧 고개를 떨구었다.

"책상도 필요하시죠?"

할아버지께서 반원형으로 파인 나무 판을 가져와 능숙하게 휠체어에 부착했다. 세이가 그 위로 두 팔을 올리자 좀 더 편안한 자세가 됐다. 그렇게 아이와 공부할 책상이 완성됐다.

뇌 병변 장애도 아이마다 중증도가 다르다. 어떤 아이는 걷기가 조금 불편할 뿐 언어·학습 능력이 또래와 차이가 없다. 그러나 어떤 아이는 갓난아기처럼 몸을 가누기조차 어렵다. 신체 제어가 안 되다 보니 말은 물론 몸짓으로도 의사를 표현하지 못한다. 음식을 씹어 넘기기 힘드니 소화도 어려워 유동식을 먹어야 한다. 세이가 바로 그런 경우다.

고백하건대 중증의 뇌 병변 성인·아동은 언어치료사로서 쉽지 않은 대상이다. 할 수 있는 일이 많지 않다 보니 목표를 어디에 두어야 할지 고민스럽다. 반응이 제한적이기에 상호소통이 어렵고, 그러다 보면 치료사 혼자 모든 걸 감당한다는 느낌이 든다. 가장 힘든 지점은 '좋아지지 않는다'는 선입견이다. '내가 노력한다고 해서 선천적으로 말하기 힘든 몸으로 태어난 사람에게 의미 있는 변화를 가져올 수 있을까?' '얼마나 달라질 수 있을까?' 하는 회의감이 엄습한다. 그래서 겁을 먹게 된다. 나 역시 그랬다. 함께 공을 찰 수도, 대화를 할 수도 없다. 내 앞에 있는 사람이 나의 행동을, 내가 전하고자 하는 의미를 제대로 받아들이는지 알 수 없다.

주 양육자인 어머니 역시 이런 사정을 잘 알고 있었다. 부모와 가족 이외의 사람, 전문가와 일방적이나마 대화를 하고 즐거운 시간을 가졌으면 하는 게 어머니의 뜻이었다. 그렇다고 해서 기대가 전혀 없었던 것은 아니다. 아이는 '음·아·푸' 같은 소리를 통해 엄마·아빠 등으로 짐작되는 말을 했고 이런 소리들을 길게 이어 얼핏 문장처럼 들리게 표현하고 있었다. 혹시라도 언어치료 수업을 통해 아이의 말 표현이 개선될지도 모를 일이다. 아이의 상태를 감안하여 다음과 같은 수업 계획을 말씀드렸다.

**첫째, 소리 연습**

아이가 지금보다 다양한 소리를 내게끔 연습해야 했다. 그러려면 자세 유지가 중요했다. 목이 자주 꺾여 시선을 유지하기 어렵다. 고개를 숙인 상태에서는 발성이 힘들어지므로 허리와 목, 머리를 일직선으로 유지해야 했다. 다행히 아이는 스스로 머리를 들 수 있었다. 침 삼킴도 중요하다. 입에 침이 고여 있으면 호흡도 방해받고 말소리가 탁해진다.

**둘째, 호흡 연습 및 구강 운동**

코로 숨쉬기·내쉬기, 입으로 숨쉬기·내쉬기, 입술 닫고 열기, 혀 움직이기, 턱 위치 조절하기, 입 모양 바꾸기 등 발음·발성 기관을 의도적으로 제어하는 연습이 필요했다.

**셋째, '대답하기'와 '요구하기'**

보호자가 물었을 때 '네·아니오' 정도의 의사표현을 할 수 있으면 필요한 것을 제때 제공받을 수 있다. 그래서 일반적으로는 아이가 고개를 젓거나 끄덕이는 걸로 연습하는데 세이는 그럴 수 없었기에 '에(네)·아이(아니)' 같은 말소리로 연습하면 좋겠다고 어머니께 말씀드렸다. 다행히 세이는 팔을 들고 내릴 수 있기에 이를 통해 원하는 사물을 향해 팔을 움직이는 연습도 하기로 했다. 물론 낱말 표현도 병행해야 한다. '섭식'도 언어치료사가 하는 일 중 하나이다. 뇌 병변 아이들은 음식을 씹고 삼키는 데 어려움이 있기에 저작·삼킴 연습을 한다. 세이는 어린이병원에서 매주 물리치료와 섭식 훈련을 하고 있기에 나와는 언어 부분에 집중하기로 했다.

수업은 자세 유지에서 시작했다. 목을 떨구지 않게끔 힘을 주고 그 상태로 호흡과 발성·발음 연습을 했다. 모음은 서서히 음절 수를 늘려가고 자음은 아이가 잘할 수 있는 입술소리에서 잇몸소리로 난이도를 올려가기로 했다. 낱말은 집안 사물을 중심으로 기능과 결합하여 익히되 특히 시각적으로 확인할 수 있는 것들을 우선으로 했다.

문장과 이야기도 빼놓을 수 없었다. 복문장을 접속사와 함께 배우며 다양한 문장 형식을 익히고 전래동화나 〈이솝 우화〉처럼 기승전결이 분명한 이야기를 공부했다. 이때 교재는 플래시 동화책이나 움직이는 그림책처럼 감각을 자극할 수 있는 것들을 사용했다.

아이는 수업에 적극적이었으며 눈빛에 진지함이 묻어났다. 내가 소리를 내자고 하면 의도적으로 몸을 뒤척였다. 눈앞에서 태블릿에 글자를 쓰면 유심히 지켜보았다.

그러던 어느 날 나는 아이 앞에서 인형을 흔들다가 실수로 떨어뜨렸다. 나도 놀랐지만 더 놀라운 건 아이의 반응이었다. 어찌나 해맑게 웃던지 우리가 방금 전까지 무얼하고 있었는지 까맣게 잊을 정도였다. 이후부터는 수업 도중 물건을 떨어뜨리며 함께 웃었다. 한번은 풍선을 불어서 손으로 툭 하고 쳐보았다. 천천히 떨어지던 풍선이 바닥에 닿자 아이가 또 웃는다.

덕분에 우리는 지루하지 않게 수업을 이어갈 수 있었다. 가끔은 아이가 직접 팔을 휘저어 테이블에 놓인 인형을 떨어뜨리게 했다. 그러면 또 한번 세이의 웃는 얼굴을 볼 수 있었다. 그렇게 4년이라는 시간을 함께 보냈다.

수업을 종결할 무렵 평가해보니 아이가 표현할 수 있는 소리가 늘었다. '아·이·어·애' 같은 모음을 명료하게 말할 수 있게 됐고 예전에도 낼 수 있었던 '음파·음마' 등의 입술소리를 좀 더 자주 낼 수 있게 됐다. 작고 미묘한 변화지만 분명히 우리가 만들어낸 것이었다. 어쩌면 세이는 그동안 우리가 배웠던 낱말과 문장들, 함께 듣고 읽었던 전래동화와 〈이솝 우화〉 등을 기억하고 있을지 모른다. 그리고 내가 아닌 어떤 사람 앞에서 그중 일부를 기적처럼 말로 표현했을지도 모른다. 지금도 나는 그럴 가능성이 분명히 있다고 믿는다.

전문가로서 언어치료사는 과학적이고 객관적이어야 한다. 냉철하게 상대의 언어를 평가하고 계획을 세우고 수업의 목표와 진행 방식을 정해야 한다. 하지만 때로 낭만적인 태도가 필요하다. 어떤 정확한 예측도 미래와 일치하지는 않는다. 그 불일치의 틈 안에 기적과 희망이 숨 쉬고 있다는 걸 인정하지 않을 수 없다.

## 세이에게

너는 스티븐 호킹 박사처럼 휠체어에 앉아 있다. 겨울이면 두툼한 후드잠바에 멜빵바지를 입고 따뜻한 털양말로 발을 감쌌다. 여름이면 짧은 머리에 어울리는 밝은색 반소매 줄무늬 셔츠를 입었지. 그래서 난 웃는 모습이 귀여운 천재 물리학자랑 수업을 한 것 같은 착각에 빠졌다. 물론 그건 사실이 아니지만.

세이야, 인형이 바닥으로 떨어지는 건 중력 때문이란다. 그런데 아인슈타인에 따르면 그게 사실은 잡아당기는 게 아니라 공간이 휘어져 있기 때문이래. 마치 수챗구멍으로 물이 쓸려 들어가듯 빠져드는 거래.

그러니까 우주비행사가 어디로도 가지 않고 제자리에 둥둥 떠 있는 건 그런 중력이 미치지 않는 공간에 있기 때문이다. 반대로, 우리가 서로 만나게 된 건 어떤 힘에 의해서 같은 공간으로 떨어졌기 때문이고.

우주에서는 말이 필요 없다. 거대한 침묵 그 자체인 그곳에서 인간의 말은 무의미해. 영화에서 카메라가 자꾸만 멀어지듯이 우리가 우주의 바깥으로 계속해서 멀어져간다고 생각해보렴. 나와 내가 바라보는 사물들은 너무너무 작아지다가 결국은 보이지 않게 된다. 세계가 너무 거대해서 나라는 존재가 너무 보잘것없고 무의미해 보인다. 하지만 슬퍼하지 않아도 돼.

세이야, 우주에서 존재보다 중요한 건 '사건'이래. 우리가 만났던 일, 우리가 만나서 함께했던 일 같은 것 말이야. 그러니까 우리가 깔깔 웃으며 풍선 놀이를 했던 순간, 글자를 배우고 발음 연습을 했던 그 순간들을 포함해서, 고개를 바로 하고 전래동화 그림에 주목하던 일이며 내가 지난 주말에 했던 일들을 털어놓았던 일 같은, 그런 사건들만큼은 절대 사라지지 않잖아.

유한한 존재인 인간은 누구나 예외 없이 사라지고 새롭게 태어날 거야. 우리도 마찬가지지. 그때가 되면 우리가 일으킨 사건들로 인해 우주가 조금은 바뀌어 있을 거다.

100년 후에 말을 아주 유창하게 잘하는 어떤 아이가 바라볼 구름이나, 나와 비슷한 생김새를 한 어떤 사람이 여행가방을 메고 비행선이 도착하기를 기다리는 정류장의 풍경 역시 그런 우주의 일부로 존재하겠지.

그렇게 생각하면 하나도 변하지 않을 것 같은 세상, 나와 상관없이 돌아가는 듯한 세상이 두렵지 않다. 우리들의 관계가 따뜻하게 느껴지지.

엊그제는 정말 역대 가장 강력하다는 태풍이 지나갔다. 천변길이 물에 잠기고 쓰러진 가로수가 눈에 뜨이긴 했지만 하늘빛은 정말로 파랗더구나. 그때 드는 생각이 '우리가 겪은 사건이 세상을 좀 더 아름답게 했구나' 싶더라.

세이야, 그러니까 앞으로도 지금처럼 자꾸 손을 들어서 네가 반가워한다는 걸 알리고 말소리를 내서 네가 거기에 있다는 걸 알려줘. 혼자 있을 때도 소리 내기 연습, 말하기 연습을 게을리하면 안 돼. 그러면 더 많은 재미있는 일이 생기고 그런 사건들이 쌓이고 쌓여서 우리가 사는 세계를 더 의미 있게 만들 거야. 이건 아인슈타인이나 스티븐 호킹이 해준 말이 아니야. 내가 네게 해주고 싶은 말이란다.

# 좋은 것을 좋다고 말하기

벨을 누르자 갓난아기를 안은 여성이 반갑게 인사를 한다. 자신을 찬이 엄마로 소개한 그분의 안내에 따라 텔레비전과 소파, 각종 놀이기구들이 있는 거실을 지나 안방으로 들어갔다. 장식장과 그 위의 오디오세트가 전부인 단출한 공간이었다. 아직 문 옆에 서서 엄마 손을 놓지 않으려는 찬이를 위해 방울소리가 나는 공을 꺼내 눈앞에서 흔들었다. 아이가 눈으로 소리나는 공을 좇으며 호기심을 보인다. 나는 기회를 놓치지 않고 아이의 손을 잡고 방으로 들어갔다. 다행히 울지는 않는다. 방문을 열어두고 엄마는 거실에 있을 테니 걱정하지 말라는 신호를 주었다. 공을 쥔 아이가 빤히 쳐다본다.

웃는 것 같지만 사실은 불쾌해하는 듯한 표정, 상대의 의중쯤은 이미 간파했다는 듯이, 더는 하고 싶지 않은 일을 하지 않겠다고 선언하는 듯한 얼굴 때문에 잠깐 고민했다. 네 살배기 아이답게 무릎 쪽이 한껏 튀어나온 내복 바지에는 과자부스러기가 묻어 있었지만 어딘가 결연해 보이는 태도였다. 나는 우리가 일종의 대치 상태에 있으며 길어질수록 내게 불리하리라는 사실을 깨달았다.

"던져요!" 나는 던지라는 말과 함께 두 손을 모아 아이에게 공을 받을 준비가 되어 있음을 알린다. 다행히 아이가 휙 하고 던진다. 하지만 공은 내가 있는 곳이 아닌 신혼 사진이 걸린 벽을 향한다. 그렇다면 이번엔 굴리기. 나는 공을 주워 와 아이가 서 있는 곳을 향해 굴린다. 데구루루. 아이가 공을 잡는다.

"굴려요!" 아이에게 요구한다. 하지만 이번에도 아이는 내가 없는 곳을 향해 공을 던진다.

이번엔 아이가 아낀다는 미니카를 이용한다. 방향을 정해 "받아요!" 하면서 아이에게 민다. 아이가 미니카를 잡으면 "밀어요!" 하면서 내가 했던 동작을 따라 하게 한다. 미니카는 주요 고객층의 변덕스러운 취향을 포괄할 만큼 그 색상과 종류가 다양하다. 지금 내 수중에 있는 건 태엽이 동력이다. 손으로 미리 주행 방향을 알리고 그쪽으로 미니카를 보낸다.

나중에는 더 큰 자동차와 인형을 가져왔다. "돼지를 태워요!" 하고 트럭에 돼지 인형을 담아서 찬이에게 보냈다. 아이가 돌려보내면 "돼지가 내려요!" 하며 트럭에서 돼지 인형을 뺐다. 다음은 기린을 태우고, 그다음은 멍멍이…. 그렇게 한동안 아이와 나는 물건을 '주고받기'만 했다.

찬이는 말 표현이 없고 나에게 받은 미니카를 손에 꼭 쥐고 돌려보내지 않는 경우가 많았지만, 상대의 의도를 파악하여 한두 번쯤 굴려 보내는 것이 가능했다. 그럴 때면 나는 찬이를 큰 소리로 칭찬해주었다.

찬이는 만 3세 3개월 된 아이로 언어발달 지체를 염려하는 어머님이 센터에 수업을 의뢰했다. 손아래로 걸음마도 떼지 않은 어린 동생이 있어 이동이 불편해 가정방문 수업을 진행하게 되었다.

만 3세쯤이면 어제 다르고 오늘 다를 정도로 언어가 비약적으로 성장할 때다. 복잡한 문장 표현이 나오고 어휘력이 급상승하여 거의 1000여 개의 낱말을 습득한다. 웬만한 말은 다 알아듣는다는 얘기이다.

찬이는 첫눈에도 언어적 의사소통에 어려움이 있어 보였다. 질문지를 통해 언어 평가를 해보니 12개월 수준의 언어발달 결과를 보였다. 또래에 비해 2년 이상 지체된 상태였다.

관찰 결과 고개를 끄덕이거나 좌우로 흔들며 의사를 표현했고 손으로 물건을 가리키며 "이거"라고 말할 수 있었다. 어머니 말에 의하면 아빠, 엄마 등의 가족 호칭도 가능했다. 다만 모방에 소극적이며 발음이 좋지 않아 낱말의 첫소리 정도만 따라 한다고 했다. 함께 놀이를 하며 살펴보니 찬이는 시선을 피하는 경우가 많았고 발화보다는 행동으로 표현했다. 또래에 비해 체구가 작고 용변 가리기 같은 신변처리가 늦은 편이다. 특히 눈에 띈 것은 '거부 행동'이었는데 얼굴을 잔뜩 찌푸리고는 이를 악물며 '으' 하는 소리를 냈다. 마음에 들지 않거나 하기 싫을 때 보이는 모습이었다. 또한 어깨와 목에 힘이 들어간 상태로 소리를 냈는데 전반적으로 발화를 힘들어하는 인상이었다. 평가를 마친 후 다음 목표에 주력하기로 했다.

**첫째, 상호작용**

대면 상황에서 아이는 상대를 외면한 채 자신이 관심이 있는 사물에만 집중하는 모습을 보였다. 기본적으로 대인 상황

자체를 회피하는 경향이 있었다. 추정컨대 어른들이 자꾸만 이 아이가 말을 할 수 있는지, 못 하는지, 일부러 그러는지 아니면 정말 장애가 있는 건지 불안해하며 시험했을 수 있다. 그러는 동안 아이는 화가 난 얼굴이나 심각한 표정, 무언가를 강요하는 얼굴과 마주했을 것이다. 대면이 늘 곤혹스러운 상황으로 이어지는 건 아니라는 걸 알려주어야 했다.

찬이 나이에는 혼자서 할 수 있는 게 많지 않다. 어른의 협력이 절대적이다. 이를 위해 아이가 관심을 가진 놀이에서 시작하되, 시선·공동 관심·공동 행위를 유지하면서 밀도 있는 시간을 설계하기로 했다. 다행히 아이는 미니카를 좋아한다. 덕분에 미니카 숨기기·찾기, 상자에 담기·쏟기·정리하기, 미니카에게 먹이 주기(주유) 같은 활동을 할 수 있었다.

방해받기 싫어하는 아이를 위해 개입의 수준을 서서히 높여갔다. 시작은 선생님 한 번, 찬이 한 번 같은 차례 지키기였다. 순서를 주고받으며turn taking 같은 행동을 취하는 일은 대화의 기본이 된다. 아이가 어느 정도 기다릴 수 있다 싶으면 미니카를 인질 삼아 특정 낱말을 따라 하게 했다. 아이는 그렇게 모방에 익숙해졌다.

발화가 많지 않은 아이의 말 끌어내기는 특별한 노력이 요구된다. 자꾸 조건을 걸어서 말을 하게 해야 한다. 단, 아이가 포기하거나 거부하지 않을 만큼의 압박이어야 한다. 그렇지 않으면 부작용이 크다(예를 들면 문제행동 같은). 어느 정도가 적절하고 효과적인지에 대한 판단은 전적으로 치료사의 몫이자 역량이다.

**둘째, 단계적 표현 끌어올리기**

찬이처럼 손으로 무언가를 가리킬 수 있는 아이라면 그 행동에 덧붙여 사물의 이름을 말하게 요구한다. 낱말을 말할 수 있는 아이라면 여기에 더해 구절을 말하게 요구하고 구절을 말하는 아이라면 조사를 붙이고 문장을 완성하게 유도할 수 있다. 지금 아이가 오를 수 있는 계단 바로 위 칸으로 인도하는 방식이다. 당장 아이가 말하기 힘든 상태라면 몸짓이나 표정, 눈 깜빡임과 같은 대안을 만들어주고 거기에서 시작해야 한다. 그래야 아이의 의사소통 욕구를 유지하고 회피 및 문제행동을 예방할 수 있다.

**셋째, 가정에 언어발달 촉진 방법 알리기**

아이와 가장 많은 시간을 보내는 주 양육자와의 상담은 아동과의 수업만큼이나 중요하다. 내 경우 아이의 상태에 대한 객관적인 평가 보고와 향후 계획, 수업 방식과 내용에 대한 것들을 주로 상담한다. 여기에 더해 집에서 할 수 있는 것들을 알려드린다. 어떻게 하면 수업 때처럼 아이의 언어를 자극할 수 있는지, 평소 어떻게 대해야 하는지, 특정 상황에서 어떻게 대처해야 하는지 등이다. 다행히 어머니는 긍정적인 성격이셨고 아버지 역시 아이를 돌보는 데 노력을 아끼지 않았다. 가정과 연계한 수업은 효과가 두 배다. 찬이네도 그렇게 될 가능성이 컸다.

수업은 1년 정도 진행되었다. 그 사이 찬이는 말 길이가 좀 더 길어져 낱말 수준의 발화가 가능해졌으며 무엇보다도 치료사와 눈을 마주치며 소꿉놀이를 재미있게 할 수 있을 만큼 대인 회피도 덜해졌다.

이후에 나는 찬이가 장애 등록을 위해 발달검사를 했다는 이야기를 전해 들었다. 그 결과는 알지 못하지만 찬이가 계속 나아지는 모습을 보여주리라는 점만큼은 지금도 확신한다.

## 찬이에게

안녕, 예전에 너와 함께 수업했던 언어 선생님이야. 문득 네게 해주고 싶은 말이 생각나서 이렇게 편지를 쓴다.

나는 무언가 좋아하는 게 있는 친구들을 좋아한단다. 미니카를 아꼈던 너처럼 말이야. 우리는 자동차 주고받기도 하고 인형 태우기·내리기를 했다. 방석차 타기도 했지. 너를 태우고 방 안을 빙글빙글 돌면 곧잘 빵빵 하고 소리를 냈다. 자동차를 좋아했기에 싫어하는 발음 연습도 감수했고 (그래야 내가 미니카를 손에 쥐여주었으므로) 병원놀이를 하며 할(아버지), 치(친구), 아그(아기)라고 말할 수 있었다(그러고 나면 방석차를 탈 수 있었으므로).

모두 네가 자동차를 좋아하지 않았으면 할 수 없었던 일들이야. 그러니까 찬이야, 원하는 게 있는 한 우리는 계속 발전할 수 있단다.

지금은 네가 뭘 좋아할까? 무슨 일을 하고 싶어 할까? 나는 짐작할 수 없다. 그때는 미니카였지만 지금은 또 다른 뭔가가 너를 사로잡고 있겠지. 아마도 이제는 형태가 없는 것일지도 몰라. 볼 수도 만질 수도 없는 것. 이를테면 우정이나 사랑, 관심 같은 것들 말이다. 그게 무엇이든 찬이야, 계속 너의 마음을 사로잡는 것에 관심을 가져주기 바라. 자기가 원하는 것에 관심을 두지 않으면 좋은 관계를 만들 수 없고, 결국은 내가 누구인지 잊어버리게 된단다. 어려운 얘기를 했구나. 그냥 너의 미니카 사랑이 다른 사람과 소통하게 했다는 정도로 이해해주었으면 해.

그리고 하나 더. 너는 싫다는 말을 하는 대신 이를 악물고 딴 곳을 쳐다보는 버릇이 있었다. 지금에야 고백하지만, 나 그때 상처받았다. 명백한 거부였으니까. 아마 네가 "싫어요"라고 말했으면 조금 덜 했을 거야. 왜냐하면 "싫어요"라는 말은 내 '행동이 싫다는 뜻이지만 외면은 나라는 '존재' 자체에 대한 거부로 받아들여지기 때문이야. 그런 거절은 누구든 위축될 만한 사건이야.

나는 알고 있다. 그때의 네가 "싫어요"라고 말할 수 없었다는 걸. 낱말의 첫소리 이외에는 소리 내기가 어려운 상태였고 또 많은 어른으로부터 네가 할 수 없는 일을 요구받아왔기에 그렇게 '외면'하지 않고서는 그 상황에서 벗어날 길이 없었다는 사실을.

하지만 우리가 헤어질 무렵 너는 "시어"라고 말할 수 있게 되었다. 아마 지금은 더 분명한 목소리로 "싫어요" "아뇨" "안 해요"라고 말할 수 있겠지.

찬이야, 그러니까 앞으로도 네가 하기 싫은 일을 요구하는 사람에게는 꼭 "싫어요"라고 말해야 해, 알겠지? 거부 의사를 명확히 해야 상대가 오해하지 않을 수 있고 네 의사도 존중받을 수 있단다.

요즘도 가끔 마트의 장난감 코너에서 미니카 세트를 발견하면 네 생각이 난다. 나도 어렸을 적엔 장난감 자동차를 갖고 놀았거든. 친구 집에서 미니카 경주를 하거나 누구 자동차가 더 특별한 기능이 있는지 (물론 상상이지만) 말싸움을 하기도 했다. 하늘을 나는 건 기본이었고 함께 식사하거나 잠을 자는 '반려 자동차' 기능, 심지어 병을 고치는 '명의' 기능도 있었다. 그런 시절을 지나 지금처럼 어른이 되었지. 그러니까 찬이야, 너도 나처럼 키 큰 어른이 되려면 "좋아요"와 "싫어요"라는 말을 잘할 줄 알아야 해. 알겠지?

# 용기가 필요한 순간

"아이가 자꾸 밖으로 나가려고 해서…."

어머니가 현관 입구를 막아 논 어른 무릎 높이의 울타리를 한쪽으로 치우면서 들어오라고 하신다. 거실로 들어서자 방음 매트 위에 놓인 유아용 미끄럼틀과 장난감이 가득 담긴 바구니가 눈에 들어온다. 생후 1년 6개월 된 아이가 사는 평범한 가정집 풍경이다.

낯선 방문객의 등장에 태이는 지금껏 열중하던 일을 멈추고 이쪽을 힐끔 쳐다본다. 입 주위에 밥알이 묻은 걸 보니 방금 식사를 마친 모양이다. 얼룩소 무늬의 바디수트(우주복)가 썩 잘 어울린다.

성화가 걸린 주방에서 식탁을 사이에 두고 앉아 어머니와 상담을 진행했다. 나는 어머니께 명함을 드리고 수업 진행에 대해 안내했다. 그러는 동안에도 어머니의 눈은 태이를 향해 있다. (방문객은 안중에도 없다는 듯이) 책장 쪽으로 이동한 아이는 제 키보다 높은 곳에 꽂힌 그림책을 꺼내려고 안간힘을 쓴다. 나는 어머니께 아이의 언어발달 상황에 대해 물었다.

'아·어·으'와 같은 단모음 수준의 발화가 있지만 낱말 표현은 없다. 눈을 마주치고 고개를 끄덕일 때가 있고 노래에 맞춰 손뼉을 칠 수 있다. 주로 기어서 이동하지만 벽을 잡고 일어설 수 있다. 언어 표현이 어렵다 보니 웃거나 울기 등으로 의사를 표현한다.

상담을 마치고 아이와 놀면서 발화를 관찰했다. 과정이 복잡한 놀이는 어려웠고 공 주고받기, 자동차 밀기, 손 안에 숨긴 물건 찾기 등 간단한 놀이가 가능했다. 아이가 장난감 자동차를 집어서 통을 향해 던질 때 내가 "으악" 하고 소리 지르며 쓰러지자 꺄르르 웃는다. 그 모습을 자꾸만 보고 싶었는지 태이는 여기저기서 손에 잡히는 걸 가져와 던진다.

영유아 언어발달 검사 결과 태이의 언어는 8~9개월 수준에 해당했다. 다운증후군이라는 선천적 장애가 있어 언어를 포함해 전반적인 발달 지체가 염려되는 상황이다. 이에 어머니께 다음과 같은 언어치료 수업 계획을 말씀드렸다.

**첫째, 의사소통 기능 증진**

아직 말이 없는 상황이니 자신의 의사를 전달할 다른 방법을 배워야 한다. 무엇을 원하는지, 무엇을 하고 싶은지 상대가 알 수 있도록 비구어적 신호를 보내는 법을 익히기로 했다.

**둘째, 어휘 늘리기**

아이는 현재 집 안 사물을 탐색하는 중이다. 손으로 만지고 입에 대어 보며 촉감으로 사물을 '느끼'고 있다. 이를 언어로 개념화하도록 도와주는 일이 필요하다.

**셋째, 발성·조음 연습**

모음 발성이 가능한 상황이므로 이를 의도적으로 길게 혹은 짧게 조절하도록 하고, 발음하기 쉬운 자음부터 하나둘 연습한다. 이후 재평가를 통해 목표를 수정하는 식으로 진행하기로 했다.

태이와의 수업은 6개월 동안 진행되었다. 문장을 정확히 이해하기 어려운 상황이고 집중 시간이 짧아 주고받기, 감추기·찾기, 소리 듣기, 시선 맞추기, 손으로 가리키기와 같은 놀이를 반복했다. 그러면서 소리와 형태, 이름을 연결하는 활동에 주력했다. 동물 소리 듣고 '멍멍' '음메' 같은 소리 내기, 치료사가 내는 소리 듣고 해당 그림 터치하기 등 간단하지만 태이로서는 마냥 쉽지만은 않은 과제들이었다.

다운증후군 아이들은 청력이 약할 가능성이 있어 '소리 듣기'는 매우 중요한 연습이었다. 아이가 듣기에 집중하지 못하고 시각적 자극에만 의존하면서 산만해지기 쉽다. 언어가 음성에서 시작한다는 점도 청력의 중요성을 강조하는 이유이다. 이 과정에서 태블릿을 적극적으로 활용했다. 시청각적 자극은 아이의 흥미를 유발한다. 또한 아이 입장에서는 간단한 손동작만으로 자기 행위의 결과를 곧바로 얻을 수 있다.

한번은 태이와 우산을 펴고 접는 놀이를 한 적이 있다. 비가 온다는 일기예보가 있던 날이었다. 나는 미리 접이식 우산을 준비해갔고 태이는 내 백팩을 뒤지는 걸 좋아했다. 아이에게 준비한 과제를 제시하는 대신 이 돌발 상황을 활용하기로 했다.

"우산 써요."

소파에 아이를 앉히고 우산을 씌워주었다.

"우산 접어요."

아이의 손에서 우산을 빼 접어서 등 뒤에 감췄다.

"주세요."

아이가 손을 모으면 우산을 돌려주었다. 그렇게 몇 차례 주고받기.

다음엔 바닥에 우산을 뒤집어놓고 사물 던지기를 했다. 블록 조각, 말랑 공, 동물 피규어 등을 던졌다. 우산 안으로 쏙 들어가면 "골인"을 외치며 뒤로 넘어진다. 아이가 따라 한다. 아이와 함께 몇 번이고 같은 행동을 반복했다. 던질 것들을 손에 쥐여주며 이름을 들려주는 것도 잊지 않았다. 낱말 전체 모방이 어렵기에 모음만 따라 하게 했다. "공룡"이라면 "오요" "딸기"라면 "아이"라고 말하는 식이다.

놀이 수업은 장점이 많다. 우선 아이의 흥미를 끌 수가 있다. 재미있어 한다는 건 받아들일 준비가 되어 있다는 뜻이다. 아이와 함께하는 수업에서 친밀감 형성은 매우 중요하다. 놀이는 이 과정을 자연스럽게 충족시킨다.

물론 단점도 있다. 아이와 놀다 보면 지금 내가 무얼 하고 있는지 잊는다. 목적의식을 상실할 때가 많다. 치료사에게 목표 상실은 불안감을 안겨준다. 또한 아이의 의사를 따라가는 게 기본이므로 주도권을 잃은 듯한 기분이 든다. 고집 센 아이를 만나면 '기 싸움'에서 밀리는 느낌이 들 때도 있다. 나 역시 그런 마음 때문에 갈등한 적이 많다. 무엇보다도 양육자에게 지금 하는 활동에 대해 어떻게 설명해야 할지 난감할 때가 있다. 때로는 노는 대신 좀 더 '강하게' 지도하기를 바라는 부모님도 있다. 그러나 경험상, 아이 주도의 놀이를 통한 수업은 언제나 옳다. 설령 아이가 계속 놀고 싶어만 하더라도 말이다. 그 안에 아이가 얻을 수 있는 것들을 담아내는 것은 치료사의 몫이다.

다만 '논다'는 건 상호작용을 전제로 한다. 즉, 혼자 노는 방식은 안 된다. 치료사는 항상 아이의 사정권 안에 있어야 하며, 개입하거나 협상해야 한다. 아이의 부모님께 이러한 놀이 행위 자체가 아이의 언어발달에 긍정적인 역할을 한다고 말씀드려야 한다. 누구나 단시간에 가시적인 성과를 얻고 싶어 한다. 치료사로서 그럴 수 없다는 걸 알리고, 속도는 좀 느리지만 아이에게 도움이 되는 활동을 자신 있게 밀고 나가는 건 어려운 일이다. 그러려면 치료사에게도 확신이 필요하다. 태이와의 활동은 내게 그런 확신을 심어주었다.

비록 6개월의 짧은 시간이었지만 수업 종결 무렵 실시한 언어 평가에서 아이는 유의미한 진전을 보여주었다. 발음이 정확하지는 않으나 자음을 포함하는 낱말 표현이 관찰되었고 눈을 맞추며 함께 활동하는 시간이 길어졌다. 이는 앞으로 가족을 비롯한 타자와의 상호작용 밀도가 깊어지면서 말 표현도 늘 것이라는 점을 암시했다. 덕분에 나는 기쁜 마음으로 태이와 이별할 수 있었다.

## 태이에게

기억할지 모르겠지만 우리는 다시 만난 적이 있다. 그때가 아마 수업을 종결한 지 5년쯤 지났을 무렵이었지? 언어치료실 복도에서 낯이 익은 분이 인사를 건네시더구나. 바로 네 어머님이었어. 어쩐 일이시냐고, 언어치료 받으러 오셨느냐고, 나도 여기서 근무한다고, 그렇게 대기실에서 선 채로 이야기를 나누다가 막 수업을 마치고 나오는 너와 마주쳤다. 세상에! 눈으로 누구냐고 묻는 너는 어느새 키가 이만큼이나 크고 얼굴도 몰라보게 달라져 있었다. 훨씬 더 성숙해보였어. 그래야 겨우 일곱 살이었겠지만.

"태이야, 반가워~"

큰 소리로 인사했지만 너는 수줍어하더구나. 호기심 섞인 눈빛은 그대로였고 웃는 모습도 여전히 귀여웠다.

"형도 왔네?"

옆에 서 있는 초등학교 3, 4학년쯤 되어 보이는 아이에게도 안부를 전했다.

"안녕하세요, 선생님."

그때도 그랬지만 영화배우처럼 잘생긴 네 형은 그사이 청년처럼 성숙한 얼굴이 되어 있었지. 곧 다른 수업이 있어서 여러 이야기는 나누지 못했지만 그동안 있었을 변화들이 고스란히 전해지는 느낌이었다.

나는 범속한 사람이기에 신념이나 믿음에 대해 잘 모른다. 하지만 네 부모님을 존경한다는 말은 분명히 할 수 있어. 수업하느라 정신이 없었지만 네 집 벽면을 장식한 가톨릭 성서 문구들이 전해주던 신성하고 경건한 느낌은 지금도 생생하다. 그때는 출산 전에 이미 알고 있었다는 어머니의 말이 종교적 신념과 이어져 있으리라고는 미처 생각하지 못했다. 하지만 네가 몸이 안 좋아 수업이 어려웠던 날, 그러니까 어머니께서 상담을 좀 더 길게 하는 것으로 수업을 갈음하자고 하셨던 날 너에 대해 많은 이야기를 해주었다. 태아의 염색체에 문제가 있다는 걸 알았을 때, 남편과 함께 고민했던 시간들, 생명과 사랑의 가치, 그리고 앞으로 감내해야 할 고통에 대한 두려움, 그런 마음들이 고스란히 전해졌기에 나는 그저 묵묵히 듣고 있을 수밖에 없었다.

모든 생명은 소중하다. 나는 그 말을 진실로 믿지만 한 번도 내 인생에서 무언가를 결정지어야 할 가치 기준이 되리라고는 생각 못 했다. 자기희생이, 생명의 소중함과 내 삶을 맞바꿀 수 있는 용기가 필요한 상황에 직면하리라고는 생각 못 했다. 그러니까 그동안 '생명의 소중함'이란 나와 상관없는 먼 나라에서 통용되는 '좋은 말'에 불과했던 거야. 그래서 태이야, 지금 이 순간에도 너의 아버지와 어머니 그리고 잘생긴 네 형은 그 당연한 가치를 온몸으로 실천하고 있는 거라는 말을 꼭 하고 싶었다.

물론 나도 알고 있다. 네가 가족들에 기쁨을 주는 존재로서 행복하게 이 세상을 살아갈 권리가 있다는 걸 말이야. 사랑이 서로를, 그리고 결국은 자신을 살리는 일이라는 것도.

언젠가 너도 그 사실을 깨닫게 되기를 바라. 그리고 그때가 되면 꼭 네 가족들에게 이렇게 말해주렴.

"그동안 고마웠어요. 사랑해요."

# 조건 없는 사랑의 조건

공원으로 이어지는 길을 한참 동안 걸어 올라가서야 디귿 자 형태로 지어진 건물이 눈에 들어왔다. 정문 역할을 하는 표지석을 지나 오른쪽이 교무실이었다. 인터폰을 누르고 여기에 온 이유를 설명하자 곧 문이 열리고 뿔테안경을 쓴 아담한 체구의 남자가 나왔다. 일전에 통화한 담당 선생님인 듯했다.

응접실에 앉아 결이의 상황을 들었다. 복지관 소속 언어치료사인 나는 복지관-보육원 연계를 통한 아동 지원 서비스를 제공하기 위해 이곳을 방문했다. 결이의 경우 언어적으로 문제가 있는 건 아니었지만, 곧 고등학교에 진학할 나이로 학습 지원 차원에서 언어 수업을 했으면 하는 게 담당 선생님의 생각이었다.

"그 밖에 제가 알고 있어야 할 게 있을까요?"

환경이 환경이니만큼 청소년기에 흔히 겪을 어려움은 없는지 물었다.

"특별한 건 없습니다. 사춘기다 보니 말이 없고 혼자 지내는 편인데 아직까진 문제가 될 만한 행동을 한 적은 없어요."

선생님은 결이 부모님이 경제적인 이유로 아이를 돌볼 수 없어 잠시 보육원에 맡긴 상태라고 말했다. 그래서 언제든 떠날 수 있는 아이이고, 그러다 보니 정을 별로 안 주는 편이라고 한다.

수업 장소는 강당 한쪽에 있는 상담실이었다. 밖으로 난 창 없이 겨우 두 사람이 마주 앉을 만한 협소한 공간이었다. 우리는 그곳에서 8개월가량 언어치료 수업을 했다.

결이는 열꽃처럼 번진 여드름이 한가득인 얼굴로 상대를 면밀히 관찰하는 아이였다. 앞사람이 드리블할 방향을 예측하고 태클 지점을 재는 신중한 수비수 같달까. 나로선 "관찰하는 사람은 나야!"라고 외치고 싶었지만, 언어치료사 윤리 규정에 치료사는 관찰당하면 안 된다는 문구는 없었으므로 나에 대한 아이의 관심을 충분히 감안하고 활용하기로 했다. 사실을 말하자면 조금 막막하기도 했다.

언어발달이 지체된 어린아이들을 대하다가 이렇게 나이가 제법 있는 보통의 청소년을 상대하려니 지금껏 일궈온 비옥한 땅을 모두 빼앗기고 황무지로 쫓겨난 심정이었다. 우리가 할 수 있는 게 뭘까? 그러다가 '토론' 쪽으로 가닥을 잡았다. 사실과 주장을 구분하는 연습, 상대의 입장을 파악하는 연습, 자기 주장의 근거를 찾는 연습, 서로 다른 주장을 절충하여 대안을 만드는 연습 등을 할 수 있겠다 싶었다.

다행히 아이는 하고 싶은 말이 있었다. 초기 대화는 주로 종교와 관련한 주제로 진행되었다.

"쌤은 신이 있다고 생각해요?"

요즘 무슨 책을 읽느냐는 질문에 결이는 내가 알지 못하는 만화책 제목을 댔다. 재밌느냐고, 그럼 나도 한번 읽어보자고 하자 신이 난 결이가 이런저런 얘기 끝에 묻는다. 신을 믿느냐고. 아마도 신이 등장하는 만화였나 보다.

"평소에는 없는 것 같지만, 몸이 아플 때나 힘들 때 자꾸 신에게 빌게 되는 걸 보면, 신이 있다고 믿는 거 같아. 나는."

"그런 식으로 대답하면 벌 받아요. 신이 싫어할 걸요."

진지하지 않으려고 했지만 결이가 적극적이다.

“무슨 벌을 받는데?”

“지옥에 가죠.”

“지옥?”

“네, 죽지도 않으면서 죽을 만큼이나 벌을 받죠. 거기 가면.”

순간 약간의 소름이 돋았지만, 애들이 그럴 수도 있다 싶어 계속 대화를 끌고 가기로 했다.

“어떤 사람들이 그런 델 가는데, 나 같은 사람 말고 또?”

“거짓말하는 사람, 돈 훔치는 사람, 술 많이 마시는 사람, 괴롭히는 사람….”

결이는 지금껏 형벌의 대상만을 추려왔다는 듯이 끝없이 지옥에 갈 사람의 명단을 댄다.

나는 이유를 물었고 대부분은 그게 ‘죄’이기 때문이라는 되돌이표 대답이 돌아왔다.

“죄가 뭐야? 그건 누가 판단하지?”

“절대자요.”

“그런 게 있어?”

“쌤은 꿈을 꾸죠?”

“꿈? 밤에 잠잘 때 꾸는 거 말이야?”

“네, 그때 나타나는 증거들이 있어요.”

가끔은 대화가 오리무중으로 빠져들었다. 신념을 가진 아이에게 자꾸 이유를 묻는 게 좋은 방식은 아닐 듯해서 일단 이야기나 들어보자는 쪽으로 태도를 바꾸었다.

독특하게도 아이가 관심 있는 주제는 대부분 ‘처벌’과 관련되어 있었다. 세계관 자체가 불가항력의 절대자(신)와 힘없는 존재이자 늘 죄만 짓고 다니는 인간으로 구성되어 있다고 할까. 어떤 죄를 지으면 어떤 벌을 받는지, 결이는 세세하게 알고 있었다. 이야기를 듣다가 어쩌다 결이의 마음에는 죄의식과 분노가 한가득일까 궁금해졌다.

우리는 죄와 벌은 물론 평화와 전쟁에 대해, 신과 인간에 대해 토론했다. 주제는 철학적이었지만 그 내용은 그저 중학교 3학년생이 가질 법한 극단적이고 만화적인 세계관에 부합하는 것들이었다. 나는 결론에 이르지 않기 위해 애썼다. 결이가 무슨 말이든 하기를 바랐고 가급적 그의 말이 논리를 갖추도록 이런저런 질문을 했다. 어쨌든 그것이 우리의 언어치료 수업이었고. 그렇게 하는 편이 결이 대신 국가가 지급하는 수업료를 낭비하지 않는 길 같았다.

우리는 논술·토론 교재를 가져와 함께 읽기도 했다. 그러나 흥미를 유지하기란 쉽지 않았다. 결이는 자기만의 생각으로 가득한 아이처럼 보였다. '세상 모든 것은 이미 정해져 있으며 그러니 지금 우리의 시간은 아무런 의미가 없다'고 말하는 듯한 결이의 눈이 여드름투성이 이마 아래에서 빛났다. 그럴 때마다 어쩌면 이 아이는 진짜 하고 싶은 말을 한겹 아래 숨기기 위해 말하는 게 아닐까 하는 의심이 들었다. 예를 들면 이런 말들. '너 같은 어른들은 다 나빠! 지옥에나 가버려! 세상이 망해버렸으면 좋겠어! 망한 세상을 증언할 수 있는 나만 빼고!'

물론 선입견이 빚어낸 허상일 수도 있다. 내가 결이를 두려워하고 있었던 게 아닐까. 궤도에서 이탈한 존재나 나처럼 평범한 보통의 사람을 위협할 존재로 여긴 건 아닐까. 많은 생각이 들었다.

수업은 3월, 결이가 고등학교에 진학하면서 종결되었다. 학교 활동이 늘면서 일정 맞추기가 어렵다는 게 담당 선생님의 말씀이었지만, 사실은 결이가 더는 수업을 원하지 않았을 거라는 게 내 생각이다. 우리는 그 시간 동안 많은 이야기를 나누었지만 치료 수업의 기초랄 수 있는 친밀한 관계(라포) 형성에 실패했다. 물론 그것은 전적으로 나의 부족함에서 비롯됐다.

문제는 포용력이었다. 나와 다른 환경에서 자라온 사람을 이해하고 받아들일 수 있는 능력 말이다. 어리고 귀여운 아이였다면 습관적으로 동정 혹은 연민이 발동했을 것이다. 먼저 다가가 아이를 쓰다듬어주었을 것이고 아이를 즐겁게 하기 위해 노력했을 것이다. 그러나 이런 태도가 누구에게나 적용되는 것은 아니다. 어린 친구들과 언어치료 수업을 하면서 생긴 타성이라는 것을 그때 알았다.

결이는 성인의 몸과 얼굴을 한 청소년이었다. 그 정도 나이가 되면 어른이 잘 대해준다고 해서 무조건 마음을 주지 않는다. 동정과 연민 없이 아이와 좋은 관계를 맺는 방법을 나는 알지 못했다.

결이에게 필요했던 건 무엇이었을까? 내게서 듣고 싶었던 말은 무엇이었을까? 어른으로서 어떤 말을 들려주어야 했을까? 부끄럽지만 나는 지금도 잘 알지 못한다. 내가 결이 나이였을 때 듣고 싶었던 말을 해준 어른이 있었던가? 없었던 것 같다. 그래도 내가 원했던 말이 무엇인지는 안다.

'넌 좋은 사람이야. 네가 이 일을 잘 못 해도 사람들은 널 변함없이 지지할 거야. 넌 사랑받을 자격이 있어. 넌 훌륭한 어른이 될 거야.'

그때 그렇게 말했어야 했다.

다음에 만날 기회가 생긴다면 꼭 이 말들을 해주고 싶다.

## 결이에게

우리에게는 여러 감정이 있다. 그중 가장 강력한 건 '분노'야. 분노에 휩싸여 있는 동안 우린 아무것도 보지 못한다. 그래서 분노가 사라졌을 때 낯선 순간, 낯선 장소에 있는 자신을 발견하게 되지.

너는 생각이 많은 아이였다. 처음 만났을 때 단박에 알아볼 수 있었어. 왜 있잖아. 늘 자기 생각에 골몰하는 사람들의 특징. 예를 들어 상대방과 대화할 때 그 사람이 그 자리에 없는 것처럼 자주 눈의 초점을 잃는다든가. 웃어야 할 때 웃지 못하고 슬퍼해야 할 때도 그러지 못하는 그런 거.

무엇이 널 붙잡고 있었을까? '버려졌다'는 생각. '살아남아야 한다'는 생각. '내가 뭘 잘못했나' 하는 생각. '왜 내가 이런 아이들과 함께 숙소 생활을 해야 하나' 하는 생각. '이 어두컴컴하고 비좁은 상담실에서 도대체 뭘 하고 있는 거지' 하는 생각….

너에 대해 잘 알지 못하니 내 얘기를 하는 수밖에 없겠다. 나는 네 나이인 중학교 3학년 때 조금 우울한 아이였다. 항상 땅을 보고 다녀서 매번 고개 좀 들고 살라는 말을 들을 정도였지. 왜 우울했느냐면, 그때는 몰랐지만, 나 자신을 용서할 수 없었기 때문이었다. 나는 내게 화가 많이 나 있었다. 왜 화가 났느냐면 모든 게 내 탓이라고 생각했기 때문이었다. 나 때문에 잘못된 일들, 나 때문에 벌어진 일들, 나 때문에 속상한 사람들, 온통 머릿속에 그 생각뿐이었다.

그런 사람은 나뿐이 아니었어. 내가 만났던 많은 사람이 그런 자책 하나쯤은 갖고 살더라. 그리고 알게 된 사실을 하나 더 말하자면, 타인을 혐오하는 사람들 대부분이 자기 자신을 싫어한다는 점이야. 동의하지 않는다고? 그래, 지독히 이기적인 사람들이 있지. 하지만, 자기가 대단하다고 여기는 사람들도 이면에 존재를 집어삼킬 만큼 커다란 자기혐오가 있는 경우를 나는 많이 봐왔어.

무슨 말을 하고 싶은 거냐고? 너 자신에게 화내지 말라는 이야기야. 너는 잘못한 게 없어. 있더라도 네가 그렇게 분노할 만큼은 아닐 거야. 그러니 스스로 벌주기는 이제 그만했으면 좋겠다. 네 말처럼 세상엔 신이 있을 수도 있다. 믿음의 문제이니, 누군가에게는 없고 또 누군가에게는 절대적으로 존재하겠지. 하지만 사랑하지 않는 신은 어디에도 없어. 우리가 신을 우러르는 이유는 신이 우리를 벌주기 때문이 아니란다. 전능한 힘이 있어서도 아니야. 신은 우리에게도 있는 능력, 그러나 평범한 인간들이 자기 안에도 있다는 사실을 자주 잊는 사랑을 아무 조건 없이 실현하기 때문이야.

너는 너를 둘러싼 세상을 조건 없이 사랑할 수 있니? 신은 그럴 수 있다. 누가 이기적인 인간들을 조건 없이 사랑할 수 있을까? 오로지 신만이 가능하다.

우리는 신이 아니다. 인정해. 하지만 우리에게도 사랑할 수 있는 능력이 있다. 사랑은 자신을 벌주려는 내 안의 전제군주로부터 우리를 구할 수 있어. 누군가 나를 사랑하지 않더라도 나는 나 자신을 사랑할 수 있다. 그리고 자신을 사랑할 줄 아는 사람이 타인도 사랑할 수 있다. 그러니까 결아, 우리가 서로 사랑할 수 있는 길을 찾자.

그전에, 서툴렀던 그때의 나를 고백하마. 나는 몰랐다. 너처럼 특별한 경험이 있는 아이를 어떻게 대해야 할지. 그렇다고 해서 그때 우리가 나누었던 대화들이 의미 없다고 생각하지는 않아. 하지만 좀 더 네게 도움을 될 기회를 놓친 것만은 분명해.

미안해, 결아. 부디 자신을 아끼는 훌륭한 어른으로 성장하기를 바란다.

# 이것과 저것 사이

가을이 깊어갈 무렵 자신을 철이 어머니로 소개한 분으로부터 전화를 한 통 받았다. 아이가 곧 면접이 있는데 꼭 시간을 내서 언어치료 수업을 받고 싶다는 내용이었다. 나는 "혹시 전화를 잘못 거신 거 아닌가요?" 하고 물을 뻔했다. 입시 학원으로 가야 할 전화를 착각한 듯했기 때문이다.

수업 첫날 나이가 지긋한 한 여성분이 훤칠한 청년을 대동하고 나타났다. 첫눈에 일전에 통화한 분임을 알아챘다.

"사회 배려자 전형으로 대학에 지원했고 곧 면접이 있을 예정이랍니다. 그래서 이렇게 급하게 연락을 드렸어요."

그때까지만 해도 나는 발달장애 아이들이 대학에 지원하는 경우를 못 보았기에 말뜻을 곧바로 파악하지 못했다. 어머니께서는 연신 잘 부탁한다고 고개를 숙이셨다. 나는 영문도 모른 채 최선을 다하겠다고 말씀드렸다.

철이와 인사를 나누었다.

"안녕? 내 이름은 김지호야. 넌 이름이 뭐니?"

"철… 이…."

철이가 느릿하게 인사말을 했다.

"그래, 그렇구나. 반갑다. 선생님이랑 게임 하나 할까?"

나는 그림 카드를 몇 장 펼쳐 이야기를 만들었다.

"(카드 펼치기) 옛날에 영수가 살았어요. (카드 펼치기) 그런데 갑자기 외계인이 나타났어요. 자, 이제 철이가 해볼래?"

철이는 한참 생각한 뒤 결론을 내린 사람처럼 옛날에 영수가 살았다고 말했다. 그러나 그다음은 기다려도 설명이 나오지 않았다. 퀴즈 놀이도 해보았다.

"철아, 철아. 비가 올 때 쓰는 게 뭘까요?"

"우… 산."

"오! 정답입니다. 그럼 다음 문제. 과일이에요. 둥글고 초록

줄무늬가 있어요. 안에 씨앗이 들어 있어요. 뭘까요?"

(침묵)

이후 수업에서 주력한 것은 '문장'이었다. 철이는 한 구절 정도 되는 단답형 표현을 주로 했는데, 이는 대답을 해야 하는 상황에서는 유효했으나 상대에게 자신의 욕구를 알리기에는 너무 짧았다. 긴 문장 듣고 이해하기-긴 문장 표현 모방하기-스스로 긴 문장 표현하기로 이어지는 패턴을 반복 연습했다. 듣고 모방하기로 다양한 문장을 익히게끔 하는 게 목적이었다.

철이는 반응이 느리고 말도 느렸지만 차례를 주고받으며 게임식으로 진행하는 과제를 싫어하거나 어려워하는 것 같지는 않았다.

학교에서 교사로 일하시는 어머니가 퇴근 후에 철이를 직접 데리고오셨다. 상담 시간이면 철이가 수업 시간에 보였던 반응을 말씀드리고 앞으로 어떤 부분에 집중할지 집에서 어떻게 대응하면 좋을지 이야기를 나누었다. 일반적으로 해오던 방식이었다. 그런데 그 과정에서 부모님이 원하시는 바가 빠져 있다는 걸 뒤늦게 알게 되었다. 처음부터 철이가 언어치료 수업에 온 목적은 '면접'이었다. 어머니는 철이가 면접관들 앞에서 자기소개를 하고 예상 질문에 답할 수 있도록 사전 연습을 원했다. 수업 초기 분명히 그런 의사를 밝혔음에도 잊고 있었던 것이다.

그동안 왜 별말씀이 없으셨을까? 강요로 느껴질까 조심스러우셨을 수도 있지만 어머니의 메시지를 내가 놓친 것일 수도 있었다. 내담자와의 일대일 관계에 치중하다가 보호자의 욕구라는 중요한 요소를 빠뜨렸던 것이다.

과거에도 비슷한 일이 있었다. 지예는 초등학교 입학을 앞둔 아이였다. 보호자인 어머니는 첫 상담에서 아이가 착석을 거부하고 있어 이를 우선 고려해달라고 요청하셨다. 관찰해보니 아이는 특별한 발화 없이 행동으로 욕구를 표현했다. 모방을 거부했으며 어머니께 자주 안기려 들었다.

상호작용이 쉽지 않은 아이였다. 첫 수업은 거의 아이를 잡으러 치료실 여기저기를 돌아다니느라 시간을 허비했을 정도였다. 아이는 계속해서 손을 내밀며 내게 업어줄 것을 요구했다. 친밀감 형성이 우선이라고 판단한 나는 아이의 요구를 수용하기로 했다. 아이는 어떤 언어 표현도 일절 없이 계속해서 치료실 안을 돌아다녔으며 나는 아이를 업었다 내려놓기를 반복하며 어떻게든 모방 표현을 이끌어내려고 애썼다.

"선생님, 지예는 요즘 어때요?"

한번은 재활팀장이 나를 불러 세워 수업 상황을 물었다.

"도무지 아이가 자리에 앉으려고 하질 않네요. 일단은 아이의 요구를 수용하면서 모방을 유도하고는 있는데 잘 안 되고 있습니다."

팀장은 보호자로부터 치료사 교체 요구가 들어왔다며 무슨 문제라도 있는지 재차 물었다.

"어머니께서는 아이를 강제로라도 앉혀서 수업에 집중하게 하길 원하세요. 하지만 수업 초기라 아이도 긴장한 상태인데 강압적으로 수업을 진행하는 게 맞나 싶어요. 그러다 보면 아이의 문제행동이 더 커질 우려도 있고요. 물론 한 달이 지난 지금도 전혀 나아진 모습이 없기는 해요. 저도 문제점은 인식하고 있습니다."

팀장은 지예를 사례회의에 올리자고 제안했다. 여럿이 머리를 맞대고 의견을 모으면 방법을 찾을 수 있지 않겠느냐는 것이었다. 그리고 어머니께는 당분간 치료사를 믿고 그대로 진행하시라 권고하겠다고 했다.

개인적으로 고마운 일이었지만 보호자로서는 불쾌할 수도 있는 상황이 아니었을지. 멀리서 일부러 시간을 내서 왔는데 수업이 정상적으로 이루어지지 않으니 부모 마음이 편할 리가 없다. 게다가 치료사가 보호자 의견을 묵살했다고 생각할 수도 있지 않았을까.

결국 지예와의 수업은 두 달을 못 채우고 종결됐다. 수업 중 아이가 옷을 입은 채 실례를 한 일이 계기가 되었다. 당황한 나는 얼른 아이를 화장실로 데려가서 상황을 수습했지만, 아이의 문제행동이 점점 심해지고 있다는 판단을 내릴 수밖에 없었다. 아이의 요구를 수용하면서 신뢰관계를 형성하고 이를 바탕으로 조금씩 행동과 말소리를 모방하게끔 유도하려는 나의 계획은 실패했다. 보호자의 기대에 미치지 못했다는 생각, 치료사로서 아이의 특성을 제대로 파악하지 못했다는 생각이 아프게 밀려왔다.

언어 표현이 없는 무발화 아동은 치료사로서 어려운 대상이다. 인지 능력이 상당히 낮을 가능성이 크고 이런저런 자극에 둔감한 경우도 많다. 그럴 때는 목표를 낮게 잡으면서 인내심을 갖고 기초 의사소통 기능을 하나하나 증진해 나가야 한다는 걸 그때는 알지 못했다. 수업을 함께하는 건 아이들이지만 시작과 끝을 결정하는 건 아이도, 치료사도 아닌 보호자라는 사실도 그때는 알지 못했다.

철이와 지예 외에도 단기간에 종결한 수업은 많았다. 스케줄, 갑작스러운 이사, 사고 등의 이유도 있었지만 '치료사와 안 맞는다'는 판단으로 보호자가 종결한 케이스도 꽤 있다.

치료사는 수업 대상자와의 관계 형성만큼이나 보호자와의 신뢰 역시 중요하다는 걸 알고 있어야 한다. 수업이 잘 진행되고 있어도 보호자와의 상담이 매끄럽게 진행되지 않으면 지속하기가 어렵다.

치료사를 믿고 일임하는 분도 있지만 아이에 관한 한 자신이 가장 잘 파악한다고 생각하는 보호자도 많다. 실제로 밀접한 관계인 가족이 더 아이를 잘 이해하고 있을 가능성이 크다. 그러나 '주관의 늪'에 빠질 위험성도 상존한다. 그럴 때 치료사는 외부인이지 전문가로서 객관적인 판단을 도와야 한다. 보호자와 함께 아이에게 도움이 될 방법을 찾아야 한다.

생각만큼 쉽지는 않다. 보호자는 양육 경험이 없는 젊은 치료사를 믿지 않는 경향이 있다. 치료사는 보호자의 개입을 차단하거나 반대로 우유부단하게 끌려다닐 위험이 있다. 경험상, 이럴 때는 '솔직함'이 도움이 된다. 내가 판단하는 아이의 장단점, 수업 목표, 부족했던 점을 솔직하게 보호자와 상의하다 보면 의외로 쉽게 답이 나올 때가 있다.

부모님들은 아이를 맡기는 입장에서 치료사에게 의지하고 싶어 한다. 그리고 그전에 그럴 만한 사람인지 알고 싶어 한다. 치료사가 우유부단한 모습을 보인다면, 아이의 특성에 대한 이해가 부족한 사람으로 비친다면, 아이를 양육하는 일에 대해 편견을 보인다면, 그렇게 되기란 쉽지 않을 것이다.

솔직해지려면 불완전함을 인정해야 한다. 치료사 생활을 시작하면서 매 순간 완벽하려고 노력했다. 하지만 바로 그 이유로 많은 시행착오를 겪었다. 십수 년의 세월이 흐른 지금 나는 '완벽한 치료사'란 없다고 생각한다. 그저 노력하는 치료사가 있을 뿐이다.

## 철이에게

오후 6시면 꽤 늦은 시간이었다. 하지만 그전에는 다른 친구들 수업이 있어서 우린 어쩔 수 없이 그 시간에 만나야 했지. 어머니는 퇴근하자마자 너를 데리고 복지관을 찾아오셨지. 인사를 나누고 우리가 치료실로 들어가면 어머니는 어둑해진 복도에 놓인 벤치에 앉아 수업이 끝날 때까지 기다리셨다.

우리가 카드를 내려놓고 뒤집고 말을 움직이는 동안 해는 완전히 기울었다. 둘 중 하나를 고르는 선택형 질문에 '이것' 혹은 '저것'으로 답하는 연습을 했을 때는 초겨울이었을까, 늦은 가을이었을까. 치료실 창문 밖은 완전히 캄캄해졌고 그럴 때면 우리의 모습이 유리창에 그대로 비쳤다.
어머니는 그 시간 동안 무얼 하고 계셨을까. 낮에 있었던 수업을 반추하고 계셨을까. 너와 비슷한 또래의 학생들이 말썽을 피우고 딴청을 부릴 때 화낸 일을 후회하고 계셨을까. 내일 아침 식탁에 올릴 반찬이 상하지는 않았을지 걱정하셨을까. 집에 돌아와 홀로 저녁 식사를 하고 있을 네 아버지의 고단했을 하루를 생각하고 계셨을까.
상담이 끝나면 어머니는 항상 감사하다고 말씀하셨다. 그럴 때마다 나는 왠지 부끄럽고 송구스러웠지. 나와 함께 있었던 시간 동안 너와 네 가족을 기쁘게 할 만한 무엇도 하지 못했다는 생각 때문이었다. 우리가 할 수 있는 일만 할 뿐이라는 걸 알면서도 아쉬움은 늘 남는다.
너는 둘 중 하나를 고르는 일에 고심했다. 네게 마땅한 언어가 없어서 그랬던 거라고 생각했지만, 지금은 그냥 그러고 싶지 않았을 뿐이라는 생각도 든다. 내가 제시한 선택지가 모두 마음에 안 들었던 건 아닐까. 파인애플을 좋아하는 네게 "철아, 넌 사과가 좋아 포도가 좋아?"라고 묻는 게 올바른 일일까. 가끔 이런 상상을 해본다.

"선생님은 다시 예전으로 돌아가면 지금보다 더 잘할 거 같아요?"

철이 네가 그렇게 내게 묻는 거지. 그럼 나는 막 고심할 거야. 어쨌든 이것도 '네' '아니오' 둘 중 하나를 선택하는 질문이잖아. 그러곤 이렇게 대답하겠지.

"같은 기회는 두 번 다시 오지 않아. 그러니까 결과적으로 그때가 최선이었던 거지."

이상한 대답이지만 왠지 너라면 고개를 끄덕일 것 같다. 중요한 건 후회하지 않는 일이잖아.

그래서 말인데 난, 네가 그때 면접을 잘 보았을 것 같아. 조금 느릿하긴 했겠지만 면접관들 앞에서 너를 소개하고 그 학교에 들어가고 싶다고 말했을 거 같아. 그리고 합격! 이듬해 봄엔 푸른 잔디가 깔린 교정 벤치에 앉아서 해가 지는 걸 구경했을 것 같아. 그때도 옆에 어머니나 아버지가 계셨겠지만, 그곳은 복지관도 아니고 네가 평소에 가본 그 어떤 곳보다 널찍한 장소였을 테니까 조금도 위축되거나 불안해하지 않았을 것 같아. 네가 먼저 들어가고, 네가 나올 때까지 기다리지 않아도 되니까 모두가 평온하고 행복했을 거 같아.

상상하는 일과 선택하는 일은 서로 다른 일일까. 알 수 없는 일이야. 오늘도 해가 저 높이 떠 있는 하루다. 해가 지기 전까지 좋은 생각 많이 하렴. 오랜만에 너를 상상할 수 있어서 좋았어.

# 연민을 거두어야 할 순간

신이는 중증 자폐성 장애로 현재 의미 있는 말 표현이 부재한 상태다. 대신 "으" "어어" 같은 소리와 행동으로 가고 싶은 곳, 먹고 싶은 것 등을 표현한다. 나와는 초등학교 5학년 무렵 첫 수업을 했고 서비스 대상 종료 시점인 만 20세까지 함께했다(원래는 만 18세이지만 학교에 재학 중이어서 2년 연장할 수 있었다).

신이는 질문을 이해하거나 긴 문장 지시를 수행하기는 어렵지만 일상 사물 관련 낱말을 일부 알고 있어 간단한 과제는 눈치껏 수행할 수 있다. 예를 들어 과일·생활용품 그림카드를 펼쳐놓고 "사과

주세요"라고 하면 사과 그림을 골라낼 수 있다. 하지만 처음부터 그랬던 건 아니다.

신이가 처음으로 내게 올바른 그림카드를 전해주던 순간 느꼈던 감격이 지금도 생생하다. 일반적인 아이들은 아무렇지도 않게 해내는 일이지만, 우리에겐 수년간 낱말 이름 배우기를 연습한 끝에 이룬 성취였다.

수업 초기인 열두 살 무렵 실시한 언어 검사에서 신이가 보여준 결과는 수용언어 12개월 수준이었다. 주 양육자인 어머니 말에 따르면 신이는 원하는 게 있으면 손을 잡고 그곳으로 향하는 식으로 자신의 욕구를 표현했다. 구강검사 결과 기관에 문제는 없었다. 청력도 정상이었다. 즉, 소리를 내는 데 필요한 신체적 기능은 문제가 없으니 낮은 인지로 인한 언어 변별의 문제라고 생각할 수밖에 없었다. 신이는 '사과'라는 소리를 들을 수 있지만 이 낱말을 구성하는 음운 규칙을 이해하고 의도적으로 구성하는 데 어려움이 있다.

그래서 초기부터 소리와 그림 연결 짓기, 소리와 기호 연결 짓기, 그림과 기호 연결 짓기, 소리와 그림과 기호 연결 짓기 등에 주력했다. 다행히 신이는 40여 분의 수업 시간 동안 자리를 지키는 데 어려움이 없었다. 치료사가 앞에서 보여주는 행동을 잘 따라 했다. 상대의 요구를 파악하는 데는 서툴렀지만, 이행을 굳이 거부하지는 않았다. 물론 집중 시간이 길지는 않아서 10분 정도 반복 연습한 후에는 스트레스 정도를 낮추는 간단한 게임을 했다.

소리와 그림 연결 짓기는 간단하다. 호랑이 소리를 들려주고 사과·자동차·호랑이 그림카드 중에서 해당하는 것을 고른다. 세 개 중에 하나를 고르는 게 어렵다면 둘 중 하나를 고르게 한다. 우연히 정답을 골랐다면 크게 칭찬하거나 그에 따른 보상을 해주며 (신이의 경우는 치토스를 특히 좋아했다) 그것이 옳은 답임을 인지하도록 돕는다. 한번 경험했으니 다음에는 바로 그 그림카드를 고를 확률이 높다. 그렇게 호랑이 소리와 호랑이 그림을 결합시킨다.

아이가 호랑이 소리와 형태에 익숙해졌다면 난이도를 높인다. 사과·자동차·호랑이 등 관련이 낮은 세 장의 사물 대신 토끼·개·당나귀 등 같은 동물 계열에서 고르게 한다. 제시된 카드의 수를 세 개에서 네다섯 개로 늘리는 것도 방법이다. 이것도 잘해냈다면 이번에는 외곽선 그림으로 대체한다. 호랑이 그림인데 색도 없고 무늬도 없다. 오로지 '형태'만을 소리와 연결 짓는 과제이다. 신이는 이 과제를 수행하는 데만 수년이 걸렸다.

소리를 의성어로 바꾸어 제시하기도 했다. 대화는 목소리로 이루어지므로 음성에 익숙해지도록 하자는 취지였다. 호랑이 소리는 "어흥", 자동차 소리는 "빵빵" 하고 낸다. 어른이 아이들과 놀 때 흔히 하는 행동이다. 우리는 그 소리가 해당 사물과 관련한 '의성어'임을 안다. 하지만 신이로서는 실제 자동차 소리와 "빵빵"을 청각적으로 연결 짓고 이걸 다시 자동차 그림과 짝지어야 하니, 쉬운 일은 아니다.

매번 그림과 사진을 골라내는 연습만 할 수는 없다. 그건 치료사에게도 참 재미 없는 일이다. 그래서 우리는 날이 좋을 때마다 야외 수업을 했다. 근처 공원에 가서 놀이기구를 타기도 했고 가까운 지하철역 편의점에 가서 아이스크림을 사 오기도 했다.

신이는 전반적으로 자극에 둔감한 편이었다. 그래서 동작도 크게, 말소리도 크게 해야 했다. 다만 '맛'에는 예민해서 특히 선호하는 과자와 아이스크림이 있었다. 외부 활동을 하면서 과자와 아이스크림을 '당근' 삼아 치료사가 원하는 행동을 유도할 수 있었다.

"신이야, 선생님 따라서 말해보자. 아-이-으-으-이."

아이스크림에서 자음을 뺀 소리다. 신이는 “아”까지, 컨디션이 좋으면 “아이”까지 말할 수 있다. 그렇게 공원 벤치에 앉아 아이스크림을 먹으면 꼭 아이들이 다가와 묻는다.

“누구예요?”

“뭐 해요?”

“이 형은 왜 말 안 해요?”

특별히 해줄 말이 없으므로 나는 우리가 산책 중이며 여름이니까 벤치에 앉아서 시원한 아이스크림을 먹는 거라고 대답한다. 그러면 아이들은 자기들도 집에 냉장고가 있다며 그래도 이렇게 흘리면서 먹으면 엄마한테 혼나는 거 아니냐고 훈수를 둔다. 사실은 이 아이들도 덩치 큰 형과 놀고 싶은 것이다. 하지만 본능적으로 경계심을 느낀다. 그래서 이리저리 테스트를 해보는 중이다.

아이들이 다시 자기 자리로 돌아가 놀이에 열중하는 동안 우리는 남은 아이스크림을 마저 먹는다. 녹음이 짙은 여름, 정자 아래에는 모시 저고리와 흰 모자를 쓴 노인이 부채질을 하고 있다. 차례를 기다렸다가 그네를 타고 집으로 돌아간다. 우리가 먹다가 흘린 아이스크림은 비둘기들의 몫이다.

그림에서 기호로 한 걸음 더 나아간다. 첫 번째는 삼각형.

삼각형은 산과 딸기, 사각형은 냉장고와 텔레비전, 물결 표시는 강물과 얼룩말과 연결시킨다. 그러다가 글자로 낱말을 배우기 시작했다. 쓰면서 소리를 내고 다 쓴 글자를 모방해서 읽고 그림과 연결시킨다.

'사진 찍기'도 했다. 내가 "사과!" 하고 외치면 신이는 휴대폰 카메라로 사과를 찍어야 한다. 규칙이 단순한 게임도 했다. 신이 앞에 그림 카드 몇 장을 펼쳐놓는다. 내가 "사과!"하고 외치면 신이는 사과 카드 위에 바둑알을 올려야 한다.

이렇게 비슷하면서도 약간씩 다른 일들을 하면서 신이의 언어는 조금씩 늘어갔다. 그 과정에서 짜증을 내거나 태업을 벌일 때는 있었다. 그럴 때면 "으으" 하는 소리와 함께 뭔가를 호소하는 듯한 눈으로 나를 바라보았다. "이제 그만 할래요" "배고파요" "재미없어요"라는 뜻이다.

10년 동안 우리가 한 수많은 일은 모두 낱말 익히기였다. 다양한 사전 작업과 변주가 있었을 뿐이다. 그런 의미에서 신이가 내게 건네준 '사과' 카드는 일종의 상장이자 증거였다. 우리의 노력들이 의미 없지 않았다는.

## 신이에게

가을이 오면 너희 집으로 가는 골목 양옆에 서 있던 은행나무들이 떠오른다. 나는 버스에서 내려 노란 잎으로 화려하게 치장한 나무들의 호위를 받으며 너를 만나러 갔지. 문을 두드리면 활동보조 선생님이 반갑게 맞아주셨고 너는 네 방에 놓인 접이식 테이블 앞에 다소곳이 앉아 있었다.

우리는 단순한 과제를 반복해서 연습하다가 지겨워질 때쯤이면 바깥나들이를 했다. 정류장 근처 공원은 널찍하고 볕도 잘 들어서 우리가 즐겨 찾는 곳이었다. 오는 길엔 슈퍼마켓이 들러 과자를 사 오기도 했지.

장소를 바꾸어 네 어머니가 임원으로 있는 발달장애인 단체 사무실에서 수업을 한 적 있도 있다. 본 적은 없지만 아마도 그곳에서 어머니는 회원들과 함께 회의도 하고 시위 준비도 했을 것이다.

"선생님, 혹시 장애 관련 민원을 내려면 어느 부서에다가 해야 되나요?"

네가 커갈수록 어머니가 관공서를 방문해야 할 일은 많아졌다. 그럴 때마다 어떤 '벽'에 부딪혔고 그것이 장애아동을 가족으로 둔 많은 이들이 공통적으로 겪는 일이라는 걸 어머니는 알게 되었다.

"왜 되는 일이 하나도 없는 건지 모르겠어요."

나는 어머니와 말씀을 나누며 장애인 지원 정책이 아마도 다른 모든 복지 지원의 원칙일 것이 분명한 '차등화'에 기초한다는 걸 알게 되었다. 소득을 따져야 하고 등급을 따져야 한다.

"왜 쓸데없이 부잣집 애들도 세금으로 지원해야 하느냐고 말하는 사람들은 우리가 정말 필요로 하는 게 뭔지 몰라요."

어머니는 말씀하신다. 나도 그렇게 생각한다. 실제로 사람들이 생각하는 그런 '부잣집 아이'들을 현미경처럼 들여다보며 제외하느라 지원받는 사람들은 죄다 '가난한 사람'이어야 한다는 편견을 만들었다. 게다가 부잣집 애들과 그렇지 않은 애들을 나누는 기준도 불분명하다.

바우처 서비스의 소득에 따른 차등 지원 금액 차이가 겨우 매달 2~8만 원이라는 걸 아는 사람이 얼마나 될까? 그 돈을 절약하기 위해 신청자들은 분주하게 이곳저곳을 돌아다니며 각종 증명서를 떼어 관공서에 제출해야 하고, 담당 공무원은 누가 어느 등급에 해당하는지를 계산하기 위해 해야 할 다른 일을 미룬다. 이게 정말 '합리적'인 지원일까?

월급을 한 달에 300만 원 받는 사람과 500만 원 받는 사람이 겪는 고통의 크기를 어떻게 1만 원 단위로 나누는 발상이 가능할까. 한심한 일이지만, 그게 오늘날 장애인 지원의 원칙이니 우리는 그 원칙에 맞춰 매일 서비스 카드를 '결제'한다.

내가 아는 또 하나의 지원 원칙은 '간접 지원'이다. 국가는 스스로 장애인에게 서비스하지 않고 '제3자'를 내세운다. 개인이 세운 각종 복지시설이 그렇다. 운이 좋다면 훌륭한 역량과 양심을 갖춘 개인을 만날 수 있겠지만, 운이 나쁜 경우가 훨씬 많다는 걸 우리는 매일 뉴스에서 확인할 수 있다. 사람은 생각보다 양심적이지 않다. 특히나 저항할 수 없는 장애인을 상대로 이윤을 추구하는 일을 하면 더욱 그렇게 된다.

장애인 보호 시설, 노약자 보호 시설, 영유아 보호 시설, 고아 보호 시설…. 어디를 둘러보아도 나라가 직접 운영하는 곳은 소수다. 상당 부분 개인과 개인 법인이 '위탁' 운영한다. 개인이 알아서 서비스를 제공하고 국가는 멀찌감치 떨어져서 관망하는 지금의 복지는 많은 사람에게 상처를 준다.

신이야, 네게 이런 말을 하는 이유가 궁금하겠지. 장애인이 있는 가족은 온전히 돌봄에 집중하고 나와 같은 치료사나 사회복지사는 온전히 지원에 집중할 수 있었으면 좋겠다. 단지 그것뿐이야. 아마도 어머니가 싸우는 이유도 이와 같을 것이야. 그러려면 때로 우리는 연민을 거두고 분노할 줄 알아야 한다. 왜 우리를 이렇게 취급하느냐고. 왜 당연하게 걷어간 우리의 세금이, 누군가에게 미안하고 수치스러운 마음을 강요하는 방식으로 쓰여야 하느냐고, 정책을 결정하는 사람들과 이 결정을 구체화하는 고급 관료들에게 물을 수 있어야 한다.

신이야, 수년 전 나는 뉴스 화면에서 네 어머니를 보았다. 플래카드가 나부끼는 그곳에서 네 친구의 어머니들과 함께 삭발식을 하고 있었다. 누군가 마이크를 잡고 말했다. "제발 우리의 말을 들어달라"고. 모두가 어머니들이었고 모두가 울먹이며 눈물을 참고 있었다. 그 안에 이미 머리카락을 남김없이 밀어낸 신이 네 어머니도 있었다. 그런 일이 있은 지 얼마 지나지 않아서였다. 수업을 마치고 나오자 머릿수건을 한 네 어머니가 안부를 묻는데 하마터면 눈물이 떨어질 뻔했다. 하지만 참았다. 그건 너와 가족의 생존을 위해 기꺼이 수치심을 밀어낸 사람에 대한 예의가 아니라고 생각했기 때문이다.

신이야, 우리는 강해져야 한다. 네가 엄마, 아빠라는 말을 하지 못하는 건 결코 부끄러운 일이 아니다. 너는 장애를 안고 태어났고 그건 그냥 그렇게 되어버린 일이다. 누구의 잘못도 아닌 일에 기죽지 않았으면 좋겠다. 당장 바뀌는 것이 없다고 해도 절망하기 않기. 지나고 나면 많은 것이 달라져 있고 그건 어디까지나 우리의 노력 덕분이라는 것. 그러니 자부심 갖기. 바로 너와 네 어머니에게 배운 것들이다.

언제나 너를 지지한다. 잘 지내렴.

# 자기를 돌보는 일

주 양육자인 어머니가 원한 건 연이의 '사회성 훈련'이었다. 당시 17세였던 연이의 언어 평가 결과를 보면 초등학교 1학년 수준이었다. 늘 스포츠머리를 하고 원색 뿔테안경을 애용하는 연이는 과중한 업무에 시달리는 회사원 같은 분위기를 풍기는 아이였다. 찌푸린 눈으로 상대의 눈 바로 아래를 응시하는 연이는 나이에 비해 조숙해 보였고 신경질적이었다. 마른 몸을 구부린 채 책상에 앉아 흰색 모눈종이에 뜻을 알 수 없는 외계어 같은 글자를 반복적으로 쓰던 아이, 그게 내가 기억하는 연이의 첫인상이다.

다행히 연이의 언어 능력은 일상생활에 지장이 없을 수준이었다. 어휘력도 웬만했고 문장도 간단한 복문을 구사할 수 있었다. 다만, 패턴화한 표현이 주를 이루었으며 인지 능력이 또래보다 떨어져 인과관계를 파악하거나 상황을 가정하는 등 논리 사고를 요하는 대화는 어려웠다.

어머니는 왜 특별히 '사회성'을 원하셨을까. 여기에 대해 별다른 말씀이 없었다. 다만 당시 연이는 사춘기 남자아이로 각종 문제행동이 심해지는 상황이었고, 주 양육자인 어머니 혼자 감당하기가 아무래도 벅찼을 가능성이 컸다. 연이는 언어사회성 수업과 별개로 행동 치료ABA, 응용행동분석 수업을 받고 있었다.

어머니의 안내에 따라 현관 바로 옆 작은방 문을 열었다.

"연이야, 언어 선생님이야. 얼른 인사드려야지."

"안녕하세요."

스탠드 조명 아래 웅크린 채 노트에 무언가를 쓰고 있던 연이가 흘끔 이쪽을 보더니 다시 고개를 숙였다. 억양이 없고 보통 사람보다 두 배는 빠르지만 또박또박한 말투였다. 문을 닫고 나가시는 어머니께 인사를 드리고 연이 맞은편에 준비된 의자에 앉았다. 커튼이 처진 탓인지 밤처럼 어둡다.

"불 켜도 돼요?"

나는 자리에서 일어나 연이에게 물으며 스위치를 찾았다.

"아뇨. 불 켜지 마세요."

연이는 노란 뿔테안경을 손가락으로 밀어 올리며 이 방의 주인은 자기라는 듯이 말했다. 나는 일단 연이의 말에 따르기로 했다.

연이와 나는 어두운 방에 앉아 카드놀이를 했다. 숫자나 색이 같은 카드를 하나씩 손에서 제거하는 원카드 게임이다. 연이는 순순히 노트를 한쪽으로 치우고 내가 나눠준 카드를 손에 들었다.

선생님과 하는 일이 '수업'이 아닌 '게임'이라는 인식을 심어주는 데는 일단 성공한 듯했다. 이후로 연이는 내가 제시하는 간단한 게임들을 무리 없이 해냈다. 물론 재미를 느끼는 것 같지는 않았다. 다만, 이전에 요구받았던 것들과는 달리 틀려도 혼나거나 될 때까지 반복하지 않아도 된다는 점이 경계심을 낮춘 게 아닌가 싶다. 게다가 연이는 어찌 되었든 40분이 지나면 수업이 끝난다는 걸 알고 있었다. 어느 정도 우리의 시간에 익숙해지고 나서는 어머니와 상의하여 사회성 수업을 준비했다.

연이는 '상대화'에 어려움이 있다. 타인의 입장을 고려하는 데 미숙해서 사람들과 어울리기가 어렵다. 사회성을 익히려면 상황을 이해하고 있어야 한다. 또한 해당 상황이 요구하는 규칙을 알고 있어야 한다.

예를 들면 물건을 사고팔 때, 공공시설에 입장할 때, 대중교통을 이용할 때 필요한 절차를 알아야 한다. 연습이 필요한 지점이다. 가장 좋은 건 '직접 경험하는 것'이다. 사진을 보면서 대화문을 외우는 것보다는 현장의 공기를 느끼면서 필요한 말을 연습하는 게 좋다. 우리는 다음과 같은 활동을 하기로 했다.

1. 편의점에 가서 밴드 사오기
2. 학교 운동장에 가서 운동하기
3. 도서관에 가서 책 빌려오기·반납하기
4. 마트에 가서 엄마와 만나기
5. 철물점에 가서 목장갑 사오기
6. 패스트푸드점에 가서 아이스크림·햄버거 주문하기
7. 버스 타고 공원에 다녀오기

(…)

사전 활동으로는 해당 장소로 가는 길을 알아보고 거기서 할 일들, 그리고 이에 상응하는 대화문 배우기를 했다. 활동 장면은 사진과 동영상으로 찍어서 나중에 보면서 같이 이야기를 나누었다.

"연이야, 우리 오늘 롯데리아 갈 거야. 연이는 가서 뭐 먹을래?"

"햄버거."

"햄버거? 어떤 햄버거? 우리 무슨 햄버거 있나 한번 볼까?"

(홈페이지 접속한다.)

"새우버거 먹을래요."

"좋아, 그럼 롯데리아 가서 새우버거 세트를 주문하자."

현장에 도착하면 사전에 연습했던 대로 했다. 나는 주문대 앞에서 연이가 머뭇거리면 옆에서 해야 할 말을 알려주었다.

"새우버거 세트 주세요."

"네, 계산해 드리겠습니다."

카드를 건네자 점원이 상냥하게 주문을 도와준다. 일하는 분도 연이가 일반적인 아이가 아니라는 걸 알았을 테지만 티를 내지 않고 친절하게 안내한다. 편의점에서도, 도서관과 철물점에서도 그랬다. 사람들에게는 어려운 사람을 도우려는 본능이 있나 보다. 그 덕에 우리는 특별한 어려움 없이 임무를 수행할 수 있었다. 열심히 주문한 음식을 먹는데 마침 학교 수업을 마친 연이 또래의 학생들이 곳곳에 자리를 잡고 앉았다. 핸드폰을 들여다보며 시시덕거리는 아이들에게 연이는 아무런 관심이 없다.

그다음 주에는 사진을 출력해갔다. 집을 나서는 장면, 계단을 내려가는 장면, 횡단보도 앞에서 신호를 기다리는 장면, 손으로 간판을 가리키는 장면, 주문대 앞에 선 연이, 음식을 들고 가는 연이, 열심히 햄버거를 먹는 연이, 다 먹은 후 자리를 정리하는 장면이 담긴 사진들이다.

몇 번의 연습 끝에 사진을 시간 순서대로 배치했다. 사진에 담기지 않은 상황, 예를 들어 길에서 고양이를 만났던 일 등을 떠올리며 이야기를 나누었다. 과거에 있었던 일을 말하고 문장으로 쓰면서 온전히 언어화하여 정리하는 일이었다. 연이가 어느 정도 시간 순서에 익숙해지면 역순으로 사진을 배치하게 했다.

"집으로 왔어요. 그 전에 어디에 있었죠?"

연이는 여러 사진 중에 아파트 주차장에서 찍은 것을 고른다.

"맞아요, 집으로 오기 전에 주차장을 지났어요."

그때의 날씨와 느낌에 대해서도 이야기했다.

"오! 그런데 연이 뒤에 보니까 구름이 끼었네요. 만약 비가 오면 어떻게 했어야 할까요?"

(침묵)

"'비가 오면 준비해간 우산을 써요'라고 말할까?"

"비가 오면 우산을 써요."

여전히 불 켜는 것을 싫어하고 대화에 소극적이었지만 사진을 보는 연이의 눈빛은 진지했다. 분명히 무언가를 생각하는 눈이었다. 그때가 언제인지, 어디인지, 무슨 일이 있었는지, 지금 나는 어디에서 무엇을 하고 있는지….

그 순간 나는 연이가 '자기 상황'에 대한 이해가 깊어지고 있음을 확신했다.

연이는 충분히 학습이 가능한 아이였다. 오늘 배우면 당장 내일이 아니더라도 기억해두었다가 사용하는 일이 많았다. 보호자인 어머니께서도 연이가 자기 생각을 말로 표현하는 일이 많아졌다고 했다.

'거부 행동'도 완화된 상태였다. "싫어요" "안 할래요"와 같은 말을 쓰도록 하고 그러면 일시적으로 연이의 요구를 수용하는 식으로 연습했다. 또한 "어려워요" "알려주세요"와 같이 표현하면 직접 답을 알려주거나 과제를 바꾸었다. 자신의 요구가 관철될수록 해당 표현을 쓰는 일이 많아졌다. 연이 입장에서는 소리를 지르거나 자리를 피할 필요가 없어진 것이다.

그렇게 수업을 한 지 1년이 지나 2년 차가 됐다. 그러는 동안 연이와의 수업은 순조롭게 진행되는 듯했다. 실내 수업 비중을 늘리고 과제의 난이도를 조금씩 높여갔다. 예를 들면 〈이솝 우화〉를 들은 뒤 내용을 말과 문장으로 정리하는 것에서 한 걸음 더 나아가 삽화까지 그리게 한다거나, 실외 활동에서 우리가 이동한 궤적을 지도상에 표시하는 일들을 했다. 나름대로 '공간'에 대한 인식을 넓혀주려는 의도였다. 하지만 내 욕심이 과했던 걸까? 점점 연이의 부정적인 반응이 늘었다.

연이는 수업 시작 시간이 되었는데도 바닥에 널브러져 당최 앉을 기미를 보이지 않는다거나, 의자에 앉더라도 몸을 계속해서 앞뒤로 흔들면서 싫다는 말을 반복했다. 도무지 수업이 진행되기 어려운 상태에까지 이르면 보호자의 양해를 구하고 일찌감치 끝마쳤다. 결국 연이가 고등학교 3학년이 되던 해 봄, 수업은 종결되었다.

연이와 함께한 만 2년의 시간을 스스로 평가하자면 여러 생각이 든다. 전반기 1년 동안은 연이에게 상당한 변화가 있었고 수업을 하는 나도 무척 의욕적이었던 것 같다. 어머니의 긍정적인 피드백도 치료사로서 큰 힘이 되었다. 그렇다면 무엇이 문제였을까? 연이를 너무 압박했던 걸까? 목표를 너무 높이 잡았나? 연이에 대한 기대가 컸을까? 이런저런 생각 끝에 내린 결론은 뜻밖이었다.

수업을 종료할 때쯤 내가 무척 지쳐있었다는 걸 깨달았다. 한때 아이가 보이는 긍정적인 변화에 한껏 고무되었다가, 다시 목표를 잃고 표류하는 듯한 기분이 들었던 것 같다. '언제 끝날지도 모를 수업을 지지부진하게 이어가는 건 아닌가' '이런다고 연이가 일반 아이들처럼 유창해지지도 않을 텐데…' 하는 생각을 나도 모르게 했던 것 같다.

자폐성 장애 아이와의 수업은 상당한 에너지를 필요로 한다. 아이가 내는 소음, 반복적인 행동, 거부행위 등을 감내하면서 한편으로는 말투와 몸짓 하나하나 놓치지 않으려 애쓰다 보면 예민해질 수밖에 없다. 수업이 끝나면 마라톤이라도 하고 난 것처럼 온몸에 힘이 빠진다. 체력적으로도 부담이 된다. 연이의 경우 외부 활동을 할 때 항상 손을 꼭 잡고 있어야 했다. 안전사고 가능성도 있고 아이를 놓치면 잃어버릴 수도 있다. 당장 어른 체격의 연이가 한눈이라도 팔고 있으면 가야 할 방향으로 몸을 돌리는 데만도 큰 힘이 든다.

몸과 마음이 지치면 상대를 압박하게 된다. 그러다 보면 자꾸만 아이와 부딪힌다. 여유롭게 잠깐 쉬어갈 수도 있었을 일을 자꾸만 대결로 몰고 간다. 연이와도 비슷한 경험을 했다. 아마도 보호자인 어머니도 나와 연이 사이가 점점 악화되어 간다는 점을 눈치 채셨을 것이다.

"멀리 보고 가셔야 해요. 지금 당장 아이를 바꾸려 들면 쉽게 지칩니다. 조급해지고 화가 나요. 자꾸 아이를 탓하게 되죠. 어른이 먼저 자기를 돌보고 힘들면 쉬었다 가는 여유를 가질 수 있어야 합니다."

부모 상담에서 했던 그 말들이 고스란히 내 가슴에 와 박히는 것 같았다. 연이는 어른들을 조바심 나게 하는 측면이 있다. 조금만 더 노력하면 목적지에 다다를 것 같고 조금만 더 압박하면 달라질 것 같은 생각이 들게 한다. 아마도 그런 마음을 내려놓지 못한 내게 연이도 실망했을지 모른다.

후회만 남은 건 아니다. 함께 수업을 하면서 서로 통한다는 느낌을 받은 적도 많았다. 늘 굳은 얼굴이던 연이가 행복해하는 표정을 볼 수 있었던 것도 좋았다. 무엇보다도 여유야말로 치료사에게 무척 중요한 미덕이라는 걸 알게 되었다.

'천천히.' 연이가 내게 가르쳐준 소중한 말이다.

## 연이에게

지금은 고등학교를 졸업했겠다. 너와 똑 닮은 형은 대학생이었으니 지금쯤 군대에 있거나 제대를 했겠네.
연이야, 가끔 너의 새침한 말투가 생각난다. 길을 가다가, 버스에서 빈자리를 찾아 앉다가도 문득 너처럼 말하는 나를 발견하게 돼. 그건 아마도 그때 네가 내가 가장 사랑하는 나이인 열일곱이었기 때문인지도 모르겠다. 어른 같지만 어른이 아닌 나이, 서툴면서도 모든 게 완벽하다고 착각하는 나이, 과거는 사라지고 망망대해 같은 미래만이 남아 있는 것처럼 느껴지는 나이.
그 시간을 우리가 함께할 수 있었다는 건 행운이다. 너와 함께 앉아 있으면 마치 나도 열일곱이 된 것 같았거든. 그래서 더 열심히 네가 해야 할 말을 알려주고, 하지 말아야 할 행동을 가르쳐줬는지도 모르겠다.

너는 항상 커튼을 쳤다. 그래서 그 안에 있으면 시간이 가는 걸 알 수 없었어. 하지만 40분의 시간은 여지없이 흘렀고 수업이 끝나면 우리는 반듯하게 인사를 나누었다. "선생님, 안녕히 가세요." "연이야, 잘 있어." 그런 인사를 한 200번쯤 한 후에 우리는 헤어졌다.

네가 즐거움을 찾았으면 좋겠다. 말하는 즐거움. 소통하는 즐거움. 슬픔과 기쁨을 나누는 즐거움. 네 부모님과 형은 충분히 그럴 준비가 되어 있어. 나도 멀리서나마 계속 방법을 찾아볼게. 지치지 않고 서로를 북돋으며 행복해질 수 있는 방법 말이야. 혹시라도 네가 먼저 찾게 되면 꼭 연락해줘. 선생님은 네 덕분에 잘 기다리는 사람이 되었으니 걱정 말렴.

# 3부 우리가 그린 행복의 모양

# 카트라이더의 꿈

골목 양쪽으로 비슷한 집들이 늘어서 있어 찾는 데 애를 먹었다. 전화 통화로 방문지 주소를 다시 한번 확인했다. 마침내 들이 어머니가 이야기한 녹색 대문을 찾았다. 외부 계단으로 2층에 올라 검은 섀시 문을 두드리자 할머니 한 분이 나오신다.

"들이 선생님이시죠? 들어오세요."

거실 맞은편 열린 문 안쪽으로 책상에 앉은 아이의 뒷모습이 보였다.

"들이야! 인사드려야지. 언능. 컴퓨터 끄고!"

아이가 뒤를 돌아보았다. 태권도복의 독수리 문양이 선명하다.

"안녕?" 나는 문지방 앞에서 손을 흔들었다. 단발머리 여자 아이가 고개를 끄덕이더니 다시 모니터에 코를 박고는 열심히 키보드를 두드렸다. 할머니가 접이식 테이블을 들고 와 방 한 쪽에 두더니 아이를 채근한다. 아이는 조금만 더 하겠다고 말하면서도 화면을 껐다.

들이는 심드렁한 아이다. 이런 반응은 나이(초등학교 4학년)에 비해 조숙한 느낌을 주었다. 주위의 잔소리에 상관하지 않는 예비 사춘기 소녀의 '쿨'한 태도는 '앞으로 수업을 잘할 수 있을까?' 하는 의문을 던져주었지만, 한편으론 묘하게 의욕을 자극하기도 했다. 방문 언어치료를 신청한 보호자는 미용실을 운영하고 계셨다. 그래서 보통은 할머니께서 교문 앞에서 수업을 마치고 나오는 들이를 맞아 데려오신다. 오늘은 특별히 문방구에 들러 구경을 하고 주전부리를 사는 일을 생략했다. 첫날부터 늦으면 안 된다고 할머니께서 재촉하신 모양이었다. 담장마다 탐스러운 장미가 고개를 내밀던 5월이었다.

방문지를 확인하고 나서 맨 먼저 하는 일은 아이의 발화 관찰이다. 일반적인 대화 상황에서 아이가 어떻게 반응하는지, 어떤 낱말과 어떤 형식의 문장을 쓰는지를 살핀다. 만국기가 그려진 테이블을 사이에 두고 앉아 들이와 20피스 퍼즐을 했다. 복지관으로부터 사전 정보를 제공받았지만 선입견이 생길 듯해 읽지는 않았다. 표준화 검사를 하고 나서 치료 계획을 세울 때 참조해도 늦지 않다. 다행히 아이의 언어발달 상태는 그리 나쁘지 않아 보였다.

"퍼즐 좋아해?"

"넨."

"또 뭐 좋아해?"

"컴푸터 게임뇨."

"컴퓨터 게임 뭐?"

"카트나이던요."

"아 카드라이더? 잘해."

"넨. 잘해욘."

우선 눈에 띄는 것은 아이의 조음이었다. 검사 결과 유음인 'ㄹ'과 마찰음인 'ㅅ'의 대치 오류가 나타났다. 'ㄴ' 'ㄷ' 등 소리를 낼 때 습관적으로 양쪽 이로 혀를 무는 경향이 있었다. 어휘력 검사와 구문 의미 이해력 검사(대상자의 문장 이해 수준을 측정하는 표준화 검사) 결과는 정상 범주에 속했다. 이는 낱말과 문장의 이해에 있어 또래와 차이 없다는 뜻이다. 다만 할머니 말씀에 의하면 들이는 수 세기와 사칙 연산에서 어려움을 보인다고 한다. 흥미가 없어서 그럴 수도 있고 경도의 인지 장애를 암시하는 것일 수도 있다. 무엇보다도 표현에 소극적이어서 어른은 물론 또래 앞에서도 말을 잘 안 한다고 했다.

선천적으로 뇌 병변 장애를 안고 태어난 들이는 조음 기관을 비롯해 신체 전반의 움직임을 섬세하게 조절하기 어렵다. 걸을 때 절뚝이는 것도, 발음이 새는 것도 그 때문이다.

어머니와 상담하면서 네 가지에 집중하겠다고 말씀드렸다. 하나는 조음. 외견상 티가 많이 나는 부분이기도 하고 어머님이 가장 원하는 부분이기도 했다. 구강 운동(혀와 턱, 입술 움직이기)과 함께 아이가 오류를 보이는 음소 위주로 조음 치료 수업을 하겠다고 했다. 독해 연습을 하면서 어휘력도 늘이기로 했다. 학교 수업에서 배울 테지만 따로 시간을 내서 반복 학습하는 것도 의미가 있다고 말씀드렸다. 여기에 더해 어떤 상황을 이해하고 원인과 결과 찾아내어 말하기, 이야기 듣고 상황 추론하기 등 논리적 사고를 키우는 언어활동을 하겠다고 말씀드렸다.

마지막은 담화 능력, 즉 이야기 능력 키우기였다. 자기 경험을 상대에게 전달하거나 상대에게 전달받은 내용을 요약 정리하는 것, 이야기에서 중요한 것과 주변적인 것을 분리하는 것, 시간과 중요도에 따라 이야기를 재구성하는 것들이 그 내용이다.

들이는 표현이 서툴다. 혹은 말하고 싶어 하지 않는다. 벌써 컴퓨터 게임처럼 혼자 노는 일에 익숙하다. 수업 시간이나 쉬는 시간에 혼자 있을 가능성이 크다. 발음이 좋지 않아 놀림을 받거나 '이상한 아이'로 받아들여지기 쉽다. 그래서 대화에 소극적일 가능성이 크다. 안 쓰는 근육이 퇴화하듯 대화의 경험이 부족하면 점점 더 말을 할 기회가 없어진다. 이 나이의 아이들은 대화를 통해 언어의 내용과 형식, 그리고 소통의 기술을 배운다. 들이도 그래야 한다.

일주일에 한 번 40분간 방문 수업이 진행되었다. 들이는 장애 등록을 하지 않았기에 비장애아동으로 분류되었다. 언어발달이 지체된 아이들을 대상으로 하는 시 지원 서비스를 이용했다. 조건은 1년 이용 후 1년 연장이다. 그렇게 총 2년을 함께 매주 언어치료 수업을 했다.

방문 수업 종결 무렵 들이의 변화를 평가해보니 말 명료도가 향상되었다. 'ㅅ' 'ㄹ' 등을 제외하고는 모음과 기타 자음에서 개선된 결과를 보였으며 말수도 늘었다. 이제 들이는 "학교에서 뭘 배웠니?"라고 묻지 않아도 "수학은 진짜 재미없어욘. 학교 가기 실어욘"이라고 말할 수 있다. 또한 사실은 문방구에서 뽑기를 할 거면서 "한머니, 나 피니(피리) 사게 돈 줘염" 하고 손을 내밀 수 있다. 여전히 말이 어눌하게 느껴지지만 발화 빈도가 높아졌다는 건 긍정적인 결과였다. 그러나 아쉽게도 서비스 제공 기간이 만료되면서 수업을 더 진행하지는 못했다.

들이를 생각하면 인상적이었던 장면이 하나 떠오른다.

어느 날엔가 수업 후 상담 시간에 어머니께서 들이에 대해 이런저런 이야기를 해주셨다. 개인사적인 것들이라 책에 모두 밝힐 수는 없지만 들이 어머니가 그동안 녹록지 않은 생활을 해오셨음을 충분히 알 수 있었다. 생업과 아이 돌봄을 병행해야 하는 데서 오는 미안함과, 그럼에도 아이가 잘 성장해나가기를 바라는 마음이 충분히 느껴졌다. 나는 치료사로서 보호자를 지지할 의무가 있었다. 들이의 상태를 잘 파악하고 이를 개선하도록 최선을 다하겠다고 어머니께 말씀드렸다. 그러다 문득 어머니께서 앨범을 하나 가져오셨다. 열어 보니 들이의 어릴 적 사진이 있다. 뒤로 몇 장을 넘기자 지금의 들이보다 열 살은 더 많아 보이지만 어딘가 닮은 구석이 있는 사람이 등장했다.

"제 동생이에요. 유학 때 찍은 사진이에요. 지금은 대학에서 학생들을 가르치고 있죠."

어머니가 손끝으로 가리킨 사진 속에는 그녀의 자랑스러운 동생, 그러니까 들이의 이모가 커다란 트로피를 배경으로 우아한 포즈를 취한 채 이쪽을 바라보고 있었다.

"너는 그쪽 방면에 소질이 없다고 그렇게나 말렸는데 결국은 해내더라고요. 지금은 우리 형제들 모두의 자랑거리랍니다. … 들이도 그럴 수 있겠죠?"

어머니의 말에 나는 당연히 그렇다고 말씀드렸다.

어쩌면 들이 어머니는 비관하고 있었는지도 모른다. 들이가 앞으로 겪어야 할 일들을 부모로서 감당할 수 있을지 걱정이 깊었을 수도 있다.

그날 앨범을 보는 동안 어머니 옆에서 카트라이더를 하던 들이의 천진난만한 얼굴이 떠오른다. 장애가 있는 아이는 친구들 사이에서 놀림이나 경계의 대상이 될 수 있다. 그러나 괜찮을 친구를 만날 가능성도 있다. 조건이 좋지는 않지만 들이가 해야 할 몫도 있다. 어쩌면 이 아이가 예상보다 훌륭하게 헤쳐나갈 수 있지 않을까 하는 생각이 잠시 들었던 것 같다. 삶은 자신을 바라보는 타인의 감정과 무관하게 지속된다.

발음이 매끄럽고 절뚝이지도 않는 많은 사람이 성장하며

상처받고 좌절한다. 들이도 그럴 것이다. 나는 아마도 그때 들이가 씩씩하게 지금처럼 부모의 걱정과 비관과 불안과 무관하게 잘 살아나가기를 바랐던 것 같다. 들이의 할머니도 어머니도 그랬을 것이다.

들이는 지금 무얼 하고 있을까? 어머니는 당신의 바람대로 도시 생활을 정리하고 제주도로 이주했을까. 거기 먼저 내려가 농사를 짓고 있던 남편, 들이 남동생과 함께 온 가족이 다시 모여 새롭게 삶의 터전을 꾸렸을까. 지금쯤 스무 살을 훌쩍 넘긴 청년으로 성장했을 들이도 그날을 기억하고 있을지 궁금하다.

## 들이에게

학교 공부 마치고 와서 언어 수업까지 받느라 힘들었지? 네가 좋아하는 카트라이더를 맘껏 해야 하는 시간에 재미도 없는 발음 연습이라니. 그런데도 너는 불평 한마디 없었지. 이 글로 너에게 고맙다는 말을 전하고 싶다. 그리고 꽤 오래전이지만 한때 너와 함께했던 선생님으로서 당부하고 싶은 말이 있다. 씩씩하렴.

사람들이 너를 걱정한다고 해서 네가 뭔가 잘못된 건 아니야. 물론 너는 다른 아이들처럼 균형을 잘 잡으며 빠르게 달릴 수 없어. 말할 때마다 혀 짧은 소리를 내서 아이들을 돌아보게 만들지도 모른다. 수학이 정말 죽도록 싫어서 좋은 대학에 원서를 넣을 수 없을지도 모르고. 하지만 그건 그저 '잘할 수 없는 일'에 불과해. 누구나 핸디캡은 있단다. 고소공포증이 있는 나 같은 사람은 평생 대관람차나 자이로드롭을 탈 수 없듯이 말이야. 분명한 약점은 익숙해질 수 있어. 겉으로 드러나지 않는 약점일수록 깊고 오래 가지. 중요한 건 약점이 아니야, 약점을 받아들이는 태도란다.

씩씩해야 해. 다른 사람들이 너의 약점을 있지도 않은 자신들의 우월함을 증명해주는 도구로 삼도록 놔두지 마. 스스로 완벽하다고 착각하는 어떤 사람들은 자기 약점이 드러날까봐 약하지도 않은 사람을 약한 사람으로 치부한단다. 그런 사람들의 동정을 받아들일 이유는 없어.

"제가 어녀서부터 몸이 좋지 않아서 발음이 나빠욘. 이해해주세욘" "저는 몸이 불편하지만 일당 생활에 지장이 있들 정도는 아니에욘. 그러니 걱정 안 해도 돼욘" 하고 말할 수 있어야 해.

주위에 좋은 사람을 두렴. 너를 조종하려 들거나 비난하지 않는 사람들 말이야. 그리고, 그들에게 너의 계획을 말해. 거창할 필요는 없어. 네가 식구들과 함께 행복하게 텃밭을 일굴 수 있다면, 네 마음을 알아주는 친구에게 편지를 쓸 수 있다면 그걸로 충분해. 수학이 싫다면 음악이나 미술을 열심히 할 수도 있다. 그걸로 뭘 어떻게 하지 않아도 좋아. 네가 좋아하는 노래를 듣고 그림을 보고 행복할 수 있었으면 좋겠어. 행복하려면 직업도 가져야겠지. 월급을 많이 받는 큰 회사 직원이나 고위 관료가 되는 게 다는 아니야. 세상엔 네가 할 수 없는 일만큼이나 할 수 있는 게 많아. 어머니처럼 사람들의 머리카락을 예쁘게 정돈해주는 일도 좋아. 충분히 존중받을 만한 일이야.

사람들의 시선에 흔들릴 필요 없어. 너에겐 계획이 있으니까. 알겠지? 나도 응원할게.

바우처 제도가 생기면서 장애 진단을 받은 만 18세 이하 아이들이 치료비를 지원받을 수 있게 됐다. 가정의 부담이 줄자 언어치료 수요가 더 늘었고 이를 수용하려는 서비스 기관도 하나둘 생겨났다.

내가 일하게 된 곳은 장애인복지관 내에 새롭게 생긴 '바우처센터'였다. 모집공고에는 언어 이외에도 인지, 미술, 놀이, 감각통합, 특수체육 서비스를 담당할 치료사를 뽑는다는 내용이 적혀 있었다. 내가 지원한 분야는 가정방문 전담 언어치료였고 계약 기간은 1년 단위로 갱신하는 조건이었다. 그때만 해도 바우처 서비스가 지금껏 이어지리라고는 생각 못 했다.

동이를 만난 건 그 이듬해였다. 뇌 병변 아동으로 이동이 어려워 어머니께서 가정방문 서비스를 신청했다는 내용을 전달받았다. 햇살이 좋은 날로 기억한다. 아이들이 어린이집이나 학교에 가 있을 시간이라, 골목은 텅 비어 있었다. 주소지를 확인하고 작은 마당이 있는 2층 양옥집의 문을 두드렸다. 동이는 안방 침대에 누워 있었다.

> "어머님을 대상으로 영유아 언어발달 선별검사SELSI를 실시하였다. 그 결과 아동의 수용언어는 10개월, 표현언어는 3개월 수준으로 평가되었다. 장애특성상 자세 유지(허리 세워서 앉기, 목 가누기)에 도움이 필요했으며 발성 시도 시 강직이 발생하였다."

상담을 토대로 적은 초기 평가서 내용이다.

"혹시 제가 알고 있어야 할 내용이 또 있을까요?"

경기나 구토를 하는 사례가 있기에 이에 대비하려면 사전에 알고 있어야 한다. 다행히 동이는 해당하지 않았다. 다만 주기적으로 건강이 악화되는 경향이 있어 컨디션을 잘 살필 필요가 있었다.

"애가 혈액에 이상이 있어서 정기적으로 수혈을 합니다. 감기에 자주 걸리는 편이고 쉽게 피곤해할 때가 있어요. 그럴 때는 자리를 옮겨, 누워서 수업을 하셔도 좋고요. 강직이 심한 편이라 가끔 팔다리를 주물러줘야 할 때가 있습니다. 그거 외에는 특별히 선생님이 신경 쓰셔야 할 건 없어요."

어머니는 능숙하게 아이를 휠체어에 앉히고 벨트를 채웠다. 그제야 동이의 얼굴이 온전히 눈에 들어왔다. 긴장한 탓이다. 당시만 해도 나는 새로운 아이를 만날 때마다 머릿속이 하얘지는 신출내기였다.

수업 계획을 세우기 위해 뇌 병변 아동의 언어치료 관련 자료를 찾아다녔다. 강직이 심한 아이는 안면 마사지로 근긴장을 풀어주면 좋겠다. 섭식장애와 관련해서 유동식 등을 이용하여 씹기, 삼키기 연습 등의 활동도 해야 하지만 이 부분은 생략하자. 우선 '언어'에 초점을 맞추어 구강운동을 하는 게 더 낫겠다….

수업 둘째 날, 자료에서 본 대로 사탕을 거즈로 감싸서 입안 곳곳을 자극하며 혀의 움직임을 유도했다. 그런데 지켜보시던 어머니께서 충치를 염려하신다. 그 부분은 미처 생각하지 못했다. 설압자로 혀와 입안을 자극하는 것으로 대체했다. 보호자의 의견은 언제나 도움이 된다. 치료사가 보지 못하는 부분을 가족들은 볼 수 있다.

한 달, 두 달 수업이 진행되면서 틀이 잡히기 시작했다. 처음 5분 동안은 안면 마사지·구강 자극을 했다. 그다음은 준비해간 교구로 낱말·문장 익히기를 했다. 어린이 한글백과사전, 플래시카드 등 그림과 글자가 적힌 교재를 주로 썼다. 마커보드에 글자를 하나씩 써서 보여주며 모방을 유도했다. 당시 동이는 만 7세로 초등학교에 입학할 나이였으므로 글자 자극도 유효하다고 생각했다.

동이에게 소리 자극도 계속 주기로 했다. 인터넷에서 다운받은 음향 자료를 MP3 플레이어에 담아왔다(당시는 스마트폰 출시 전이었다!).

소리-그림(사진)-글자, 이 세 가지는 피더시트에 앉은 동이가 낱말을 개념화할 수 있도록 도와준 자극물이다. 일반적인 아이였다면 스스로 뛰어놀면서 만지고 냄새 맡고 듣고 보고 혀를 대보며 배웠을 말이다. 직접 체험이 어렵다면 간접 체험이 최선이다. 이후로 스마트 기기를 활용하면서 좀 더 다양한 감각적 자극을 제공할 수 있었다.

동이는 이제 '아·이·우·에·오'를 각각 다르게 소리 낼 수 있다. 간혹 두 개의 모음을 연속으로 발성할 수 있게 되었으며 'ㅁ·ㅍ·ㅂ' 같은 입술소리와 'ㄱ·ㅋ·ㄲ' 같은 여린입천장소리도 낼 수 있게 되었다. 이따금 동이는 인사말처럼 들리는 문장을 말할 때가 있어 주위 사람들을 깜짝 놀라게 할 때도 있다.

그사이 수십 번 계절이 바뀌었으며 수업 장소도 집에서 장애전담 어린이집으로, 주간보호센터에서 복지관으로 옮겼다. 나는 더 이상 신출내기가 아니었지만 그 대가로 나이라는 걸 먹었다. 물론 동이도 그렇다.

그럼에도 가끔 내 앞에 있는 친구가 스무 살 청년이라는 걸 잊을 때가 많다. 내게는 여전히 일곱 살의 동이, 열 살의 동이로 느껴지기 때문이다. 동이의 몸은 청년처럼 커졌다. 손발이 커지고 얼굴에 여드름이 났으며 목소리도 굵어졌다. 그런데도 그 사실을 자주 잊는다. 같은 시간, 같은 장소, 같은 사람이 주는 착시 효과일지도 모르겠다.

동이와 마주 앉아 치료 수업을 하다 보면 세상이 영원히 변하지 않을 것만 같을 때가 많다. 우리가 하는 일이 영원히 반복되는 뫼비우스의 띠 같다. 하지만 그건 그저 '기분'일 뿐이다. 변화를 감지하는 능력이 무뎌진 탓이다. 다른 말로 하면 '매너

리즘'쯤 될까.

동이는 결코 그러는 법이 없다. 그는 매번 의욕적이며 매번 새로운 일을 시도한다. 그걸 알아보는 데 서툴러서는 안 되겠다는 생각이 든다. 내게 익숙한 일이 동이에게는 매번 도전이었다는 걸 잊어서는 안 되겠다.

동이가 청년이 되는 동안 동이를 둘러싼 환경도 많이 바뀌었다. 먼저, 동이 아버지가 안정된 직장에서 일하게 되었다. 그리고 어머니가 주도한 사회적 협동조합이 자리를 잡았다. 그 덕에 지금 동이와 비슷한 처지에 있는 아이들이 협동조합이 운영하는 주간보호센터를 이용한다. 협동조합은 일자리 사업도 벌이고 부모 지원 사업도 한다. 아이들은 관광버스를 타고 교외로 나들이를 가고 대외사업 담당 직원은 사진을 찍어 SNS에 올린다.

말썽꾸러기였던 동생은 중학생이 될 예정이다. 한때 속깨나 썩였지만 이제는 형 뒷바라지도 잘하는 훌륭한 아이가 되었다. 나는 이 모든 변화 앞에서 엄숙함을 느낀다. 그리고 내가 했던 일들이 동이와 나를 성장시켰다는, 희망 섞인 생각을 한다.

동이는 현재 특수학교에 다닌다. 그리고 나와 함께하는 수업은 마무리를 향해 가고 있다. 바우처 서비스는 재학 중일 경우에 한하여 만 20세까지 연장할 수 있다. 그때까지는 우리의 시간이다.

## 동이에게

뭐 하나 물어봐도 돼? 그동안 수업한 내용 중에서 뭐가 제일 재미있었니? 입 모양 바꾸기나 '아-'로 대답하기 이런 건 매번 하는 거니까 별로일 테고. 동물 소리 듣기나 자동차, 전자제품 소리 듣기는 어땠니? 글자로 낱말 배우기?

몇 년 전 내가 큰맘 먹고 새로 산 태블릿과 전자펜슬을 자랑했을 때는 어땠어? 화면에 쓱쓱 선을 그으면서 "기역, 아, 기역, 우, 가구" 이렇게 연습했잖아.

아니면, CD플레이어로 듣던 세계전래동화? 5분짜리 이야기를 틀어줄 때면 너는 조용히 집중하는 모습을 보여주었잖아. 그리고 주인공 이름을 나와 함께 소리 내서 말하는 연습도 했고.

가로세로 낱말 퀴즈는? 틀린 그림 찾기, 움직이는 그림책, 위험! 안전 표지판 배우기, 접속사 배우기, 조사 채워 넣기는? 아무리 생각해도 네가 가장 좋아한 건 "아-이-우-에-오" 소리 내기였던 것 같아. 왜냐하면 너는 그럴 때 가장 밝은 표정을 지었거든. 마치 "선생님, 이건 내가 제일 잘하는 거예요" 라고 말하는 듯했지. 그래서 나는 네가 시무룩해졌을 때나 지쳐 보일 때면 입 모양이 강조된 사진을 보여주며 함께 소리 내기를 하자고 했다.

"동이는 칭찬받는 걸 좋아해요."

활동보조 선생님도 그랬다. 그래서 공부도 열심히 한다고. 넌 학습 의욕이 뛰어난 아이였다. 자꾸 배우고 싶어 했고 말하고 싶어 했다.

"오! 동이, 정말 짱이에요. 이걸 맞춘다고?"

그러면서 박수를 쳤을 때, 점수판에 점수를 마구마구 올릴 때면 활짝 웃었다. 그러니 앞으로도 그렇게 하자. 너는 네가 잘하는 것을 하고 나는 너를 칭찬하는 일을 계속하자.

이번엔 내 차례다. 나는 뭐가 제일 좋았느냐면, 은은하게 햇살이 스며드는 방에서 마주 앉아 두런두런 이야기를 나눌 때가 가장 좋았다. 일방적으로 내가 이야기를 늘어놓을 때가 많았지만 난 우리가 '대화'를 했다고 믿고 있어.

그때 난 너에게 부끄러운 이야기도 많이 했다. 그래도 넌 조용히 들어주었지.

"벌써 10월이야. 가을이 깊어가고 있다. 곧 올해도 가겠구나." 이런 한탄은 기본이고 "동이야, 사실은 말이야"로 시작하는 고백도 있었다. 아주 오래전에 있었던 일들, 후회스럽거나 미안한 일들…. 이제는 비밀이랄 것도 없는 그런 이야기들을 말이야.

그런 의미에서 우린 오랫동안 서로를 알아온 친구다.

앞으로도 좋은 시간을 보내자. 건강하게, 알겠지? 그리고 다음 편지는 네 동생에게 보내는 거니 전해주렴(네가 먼저 읽어도 괜찮아).

## 남이에게

현관 앞에 주저앉아 떼를 쓰던 아이.

"엄마, 나도 형처럼 선생님이랑 놀고 싶어. 나는 왜 맨날 할머니랑 어린이집 가야 돼?" 하며 어서 문 앞에 서 있는 나를 바라보던 아이. 불만 가득한 얼굴로 휠체어에 앉은 형을 쏘

아보던 아이.

내 기억에 너는 그렇게 남아 있다. 늘 화가 나 있었고 불만에 가득 차 엄마에게 함부로 말하기도 했지. 그런 너를 나는 이해한다. 엄마 아빠의 관심이 온통 몸이 불편한 형에게로 향해 있었으니 당연하다고 생각한다. 너는 충분히 사랑받고 싶었을 뿐이다. 보통 집 아이들처럼 가족과 함께 여행도 가고 생일파티도 하고 형이랑 공놀이도 하면서.

아마도 너는 집 안을 감도는 슬픔의 기운이 버거워 집에 들어오기 싫었을지도 모른다. 왜 나는, 이런 집에서 태어났을까 하늘을 원망했을지도 모른다. 형은 하루 종일 누워 있거나 휠체어에 앉아 치료사나 활동보조 선생님들의 보살핌을 받았다. 혼자 밥도 못 먹고 화장실도 못 가는 형을 볼 때마다 화가 나고 화가 날 때마다 화를 내는 너 자신이 미웠을지도 모른다.

초등학생이 된 너는 한동안 축구에 빠져 지냈다. 활동보조 선생님은 네가 학교에서 공부를 제일 잘한다고 했다. 똑똑하고 승부욕이 있는 아이로 자란 너는 예전처럼 형에게 못되게 하지 않았다. 대신 이불을 덮어주며 "형, 공부 열심히 해야 돼" 하고 마치 동이 형의 형처럼 말하는 네가 되었다.

가끔 게임 좀 그만하라는 어머니의 잔소리에도 "네, 알았어요. 요것만 하고 학원 갈게요"라고 고분고분 대답했지. 그 사이에 네 마음에서 무슨 일이 벌어졌던 걸까.
나는 짐작하려 애쓴다. 하지만 아마도 영원히 알 수 없을 것 같다. 그 슬픔의 무게를 아는 사람은 세상에 없다. 그러니 오직 너만이 그때의 너를 다독일 수 있다.
마지막으로 남이야, 동이 형이 네게 부탁한 편지를 전하며 말을 마치려고 한다. 늘 건강하고 밝게 지내주기를, 아름다운 청년으로 성장하기를 바란다. 이미 반쯤 와 있지만, 나는 선생님이니까 이렇게 말할 수밖에 없구나. 그럼, 잘 지내렴.

## 내 동생 남이에게

남이야, 형이 아파서 무서웠니? 엄마가 맨날 울어서 슬펐어? 아빠랑 엄마가 정신없이 바쁘게 일해서 미웠니? 형을 미워하는 너 자신을 용서할 수 없었어? 악몽을 꾸고 일어난 아침, 눈물을 보이고 싶지 않아서 혼자 몰래 울었니?
남이야, 누군가를 사랑하는 일은 누군가를 미워하는 일 다음에 온다. 그리고 누군가를 미워하는 일은 사랑하는 일 다음에 오지. 이 수수께끼 같은 비밀을 너는 일찌감치 알아버렸구나.

너는 착한 아이이다. 그리고 누구보다도 이 형을, 가족들을 사랑하지. 다만 그것과는 별개로 네 마음속에는 커다란 빈칸이 생겼던 것이다. 사랑으로 채워졌어야 할 그 공간이 여전히 비어 있다면, 너는 다짐해야 한다. 온전히 스스로를 안아주겠다고. 너의 두 팔과 가슴으로 너를 받아주겠다고.

외롭겠지만 그게 상처받은 사람이 성장할 수 있는 유일한 방법이란다. 그리고 정도의 차이는 있겠지만, 이 세계에 사는 사람들은 누구나 그런 마음의 빈틈을 갖고 산단다. 그걸 아는 사람과 모르는 사람, 그걸 채울 방법을 밖에서 찾는 사람, 자기 안에서 찾는 사람이 있을 뿐이지.

이제 중학생이 될 너에게 형이 지루하고 어려운 말을 했구나. 어쩌면 너는 내가 생각하는 것 이상으로 강하고 올바른 아이일지도 모른다. 그렇다면 미안. 괜한 소리를 한 셈이니까. 그래도 아주 오래전 네가 나를 바라보던 눈빛을 잊을 수는 없다. 그때 너는 형이 다른 형들처럼 너와 원 없이 놀아주기를 바라고 있었다. 네 곁에 있어주기를. 영원히 너를 지켜주기를 바라고 있었다.

그때 하지 못했던 말을 지금이라도 하고 싶구나.

남이야, 너를 사랑한다. 네가 나쁜 마음을 먹어도, 형을 미워해도 너를 사랑한다. 그때나 지금이나 변함없이 너를 사랑한다. 너는 충분히 그럴 자격이 있다. 우리 앞으로도 서로를 사랑하며 살자.

늘 마음으로 말하는 형이<br>하나뿐인 동생 남이에게

# 사랑하는 사람과 천천히 멀어지기

"이름이 뭐야?"

"홍이요."

필요한 말만 하겠다는 듯이 입을 다물고 앉은 소년은 초등학교 5학년이다. 홍이는 크로스백을 매고 있었고 이유는 알 수 없지만 수업이 끝날 때까지 가방을 내려놓지 않았다.

짧은 머리에 고집스러워 보이는 눈, 입을 다물 때마다 통통해지는 볼이 곧 사춘기를 맞이할 소년의 모습 그대로다.

"좋아하는 게임 있니?"

"배그요."

“나도 배그 할 줄 아는데!(거짓말)”

“승률이 어떻게 되는데요?”

“어? 어… 그건 모르겠고. 어쨌든 게임 말고 또 좋아하는 게 뭐야?”

잠깐 흥미를 보이던 홍이가 피식 웃으며 “없어요” 한다.

홍이는 말소리를 전기 신호로 바꾸어 청신경 세포의 기능을 대체하는 인공와우 삽입 수술을 했다. 태어난 지 1년이 겨우 넘었을 때였다. 이후 지금까지 줄곧 치료실을 다녔으며 예후가 좋아 지금은 웬만한 말소리는 모두 변별할 수 있다. 대화에 어려움이 없고 읽고 쓰기도 잘한다.

우리가 처음 만났을 때 홍이는 10년 넘게 이어온 언어치료 수업에 흥미를 느끼지 못하고 억지로 시키는 것만 하는 일종의 태업 상태였다. 어머니는 남과 다른 신체를 지니고 태어난 아이가 혹시라도 다른 아이보다 많이 뒤처질까 걱정하고 있었다.

내 눈에 홍이는 지극히 잘 성장해나가는 보통의 청소년이었다. 다만, 인지 학습의 기초가 될 문해력에서 오류가 빈번하여, 이 부분에 대한 보완이 필요하기는 했다. 예를 들면 이런 식이다. ‘선의의 거짓말은 필요한가?’라는 질문에 홍이는 이렇게 대답했다.

"내 생각은 이렇다. 난 반대다. 차라리 솔직히 말하면 마음이 편해지고 이름만 번지르르하지 결국은 거짓말이다."

무슨 뜻인지는 알겠는데 비문이다. 아마도 이런 문장을 쓰고 싶었을 것이다.

"내 생각은 이렇다. 난 반대다. 차라리 솔직하게 말하면 마음이 편해진다. 선의의 거짓말은 이름만 번지르르하지 결국은 거짓말이다."

청력이 약한 아이들은 구문에 취약하다. 글자와 문장을 통으로 인식하는 경향이 있어, 의미를 바꾸는 형태적 변이의 규칙성을 깨닫는 데 시간이 걸린다.

초등 고학년쯤 되면 논리적 사고가 한창 발달할 때다. 학습과제도 여기에 맞춰 난이도가 올라간다. 수업을 따라가려면 교과서는 물론 각종 부교재, 학습지 등을 고루 읽고 해석해야 한다는 뜻이다. 평범한 아이들도 힘들어하는 이런 '과제 폭탄'에 홍이는 잘 대처하고 있을까? 쉽지 않을 것 같았다.

주 양육자인 어머니는 홍이가 '보통 아이들'처럼 자라기를 바라고 있었다. 무엇이 '보통'인지 말씀하시는 어머니나 나도 정확히 알지 못한다. 아마도 별 탈 없이 상급 학교에 진학하고 공부 열심히 해서 좋은 대학에 가는 일을 의미했을 것이다. 그러려면 어쨌든 '언어치료'를 그만두어서는 안 된다는 게 어머니의 생각이었다.

어머니께는 상담 시간에 홍이의 상황을 고려해 읽기·쓰기로 논리적 사고를 키워나가는 데 중점을 두겠다고 말씀드렸다. 읽기라면 지문을 요약하는 일, 이유와 결과를 찾는 일, 논리의 흐름을 이해하고 글쓴이의 의도를 추측하는 일 등이 여기에 속한다.

쓰기라면 자신의 생각을 논리적으로 풀어내는 것, 요점을 가려 쓰는 것, 근거를 제시하는 것, 글의 목적에 따라 구성을 달리하는 것 등이 필요하겠다. 일반 아이들이 학교 혹은 학원에서 하는 독서·작문 활동과 크게 다르지 않다. 다만 아이의 특성을 고려하여 계획을 수립하고 취약한 부분을 단계적으로 보완하는 점이 차이라 할 수 있다. 어머니께도 그렇게 말씀드렸다. 하지만 수업은 계획대로 흘러가지 않았다.

홍이는 수업은 잘 따라왔지만 묘하게 불편한 기운이 우리 사이에 흘렀고 어딘가 모르게 화가 나 있는 듯 보였다. 이유를 깨닫는 데는 그리 오랜 시간이 걸리지 않았다.

"왜 자기가 이런 데에 와서 이상한 애들 틈에 섞여 치료를 받아야 하는지 모르겠대요."

어느 날 상담 시간에 어머니가 말했다.

"그럴 때죠."

문밖 대기실에서 듣고 있을 홍이를 의식한 나는 그렇게 말할 수밖에 없었다. 스스로 만족할 만한 그럴듯한 분석은 아니었겠지만 틀린 말은 아니었다. 그 나이의 소년이 보이는 행동의 배경은 단순하다. 어른들이 복잡하게 생각하는 경향이 있을 뿐.

홍이는 치료 수업이 싫다. 또래의 친구들이 방과 후 학원에 가는 게 싫은 이유와 비슷하다. 하지만 홍이에게는 이유가 하나 더 있다. 나는 그게 '자의식'과 관련되어 있다고 생각한다.

홍이는 자기 정체성을 찾아가는 '보통'의 길에 서 있다. 홍이의 '화'는 '나는 왜 다른 아이들과 다른가' 하는 다소 철학적인 질문과 관련 있는 듯했다. '왜 나는 동전만 한 수신기를 머리카락 속에 숨겨 두고 있나' '왜 나는 남들처럼 수영을 하거나 비 오는 날 밖에서 뛰어놀 수 없나' '왜 나는 수신기 예비 배터리를 크로스백 안에 챙겨두어야 하나' '왜 나는 이상한 아이들, 말 못 하는 아이들이 주로 다니는 '치료실'에 다녀야 하나'.

마지막 질문에 답하려면 홍이에게 '너는 다른 아이들보다 언어발달이 지체될 위험이 있고 실제로 구문적 오류가 빈번하다'고 말해주어야 한다. 그건 홍이가 남들과 다르다는 메시지고, 이 나이의 소년이 받아들이기에는 너무 아픈 말이다. '남다른 사람'이 '보통'의 삶을 살기에 한국 사회가 녹록지 않다는 걸 아이들은 본능적으로 알기 때문이다.

홍이가 '화'를 내는 건 자기 경계를 확실히 하고 싶다는 뜻이다. 그랬을 때 '혼자서도 잘할 수 있을지' 의심하고 두려워한다는 뜻이다. 상반된 마음이 혼란스럽게 공존할 때 아이들은 가장 밀접하고 깊이 의지해온 사람에게 화를 낸다.

"그러니 사적으로 받아들이실 이유는 없다고 생각해요. 표면적으로는 불만의 대상이 어머니로 보이지만 사실은 이러지도 저러지도 못하는 자기 자신일 테니까요."

나도 그런 시절을 거쳐 왔다. 당시 가졌던 복잡한 감정의 실타래가 모두 풀리지는 않았지만 시간이 흘렀으며 이미 지나간 일이라는 것도 알고 있다. 그럴 때 부모가 할 일은 '천천히 멀어지기'라는 것도.

내가 믿고 의지할 수 있는 유일한 사람. 눈에 보이지 않으면 불안하고 찾게 되는 사람. 홍이에게 어머니는 그런 존재다.

"홍이만 그런 게 아니에요. 모든 사람이 분리의 시간을 통과한답니다. 그리고 어쩌면, 홍이만 어머니에게 의지한 건 아닐 거예요."

선천적으로 장애를 지닌 아이의 부모들은 죄책감이 있다. 적어도 내가 만난 분들은 그랬다. 안쓰러움, 미안함. 그런 마음에 지지 않으려 아이에게 헌신하는 어머니, 아버지들. 그렇게 1, 2년이 지나다 보면 감정적으로도 하나가 된다. 이런 상호의존적 상황에서 벗어나려면 누군가는 먼저 잡은 손을 놓아야 한다.

"홍이가 하고 싶지 않은 일은 스케줄에서 빼시고, 혼자 있는 시간을 보장해주시고, 혼자 하겠다고 하면 안 될 게 뻔하더라도 지켜보세요. 홍이에게 실패할 기회를 주셔야 합니다. 실패에 익숙해져야 미래에 대한 두려움에서 벗어날 수 있습니다. 홍이는 홍이, 엄마는 엄마, 아빠는 아빠가 되어야 할 때라고 생각해요."

아이가 사춘기가 되면 관계 재정립이 필요하다. 홍이가 '화'라는 감정으로 요구하는 것도 바로 그것이 아닐는지. 어쨌든 언어적인 부분은 전반적으로 나쁜 상황이 아니라는 점을 어머니께 거듭 강조해서 알려드렸다.

나도 수업 방향을 틀었다. 딱딱한 과제 대신 보드게임 활동

시간을 늘렸다. 홍이의 연령대에 맞게 게임 규칙이 다소 복잡한 게임들을 가져왔는데 반응이 나쁘지 않았다. 덕분에 수업을 종결할 때까지 즐겁게 할 수 있었고, 이사 때문에 더는 치료실에서 만날 수 없게 되었을 때, 기쁜 마음으로 이별을 맞이할 수 있었다. 우리가 함께한 1년 동안 나는 홍이가 원하는 걸 해줄 수 있었고 내가 할 수 있는 일을 했다.

## 홍이에게

안녕, 고등학생이 되었을 너를 상상하며 편지를 쓰자니 긴장이 되는구나. 왠지 예의를 차려야 할 것만 같거든.

넌 어떨지 모르지만, 내가 다니던 학교 교실에는 자기가 어른이라고 생각하는 고등학생들로 그득했다. 나도 그런 아이들 중 하나였고. 열일곱 살 때쯤엔 키가 지금만 해졌고 수염도 꽤 자랐다. 그래서였을까? 길거리를 지나다 보면 나를 '아저씨'라고 부르는 사람들이 꼭 있었고 떼를 쓰던 조카가 나를 보고 슬금슬금 뒷걸음질 치는 일도 생겼다. 힘도 세져서 벽에 못을 박거나 창고를 정리할 때 손을 보태야 했다. 그럴 때마다 옛날이 그리웠지. 어른 대접은 물론 원하던 바였지만 왠지 서운했어. 어린아이였을 때 허용되던 것들이 그리웠지. 하지만 성장은 선택의 문제가 아니야. 사람은 누구나 어른이 된다. 내가 아니라고 생각해도 난 어른이듯이, 네가 아니라고 생각해도 넌 고등학생이다. 세상엔 부정할 수 없는 일들이 있어.

홍이야, 넌 소리를 듣지 못하는 아이로 태어났고 인공와우 수술을 했다. 우리나라에서 그런 사람은 0.03퍼센트에 불과해. 그러니까 넌 아주 특별한 사람인 거야. 수술 후 10년 넘게 언어 재활 훈련을 받았고 지금은 일상적인 대화에 아무런 지장이 없을 정도가 되었다. 구문 이해에 오류가 있고 따라서 복잡한 글을 읽고 이해하는 데, 정확하고 긴 글을 쓰는 데 어려움이 있을 수 있다. 넌 그런 사람이다.

하고 싶은 말이 뭐냐고? 네가 받아들여야 할 것들 앞에서 겁먹지 말라는 거다. 남들과 다르다고 해서 좌절하지도, 보호받으려고 하지도 말라는 거야. 그냥 네가 할 일을 하렴. 정확한 문장이 행복을 보장하지 않아. 중요한 건 '생각'이다. 넌 누구보다도 자유롭게 생각할 수 있고 또 다양한 방식으로 표현할 수 있다. 너는 다른 사람의 생각을 이해할 수 있고 마찬

가지로 너의 생각을 이해하는 친구를 곁에 둘 수 있다.

세상엔 혼자 할 수 없는 일들로 가득해. 협력이 필요하다는 뜻이지. 그럴 때 네가 가진 장점들이 발휘될 수 있다. 너는 어떤 사람의 표정만 보고도 그 사람이 하게 될 말들을 미리 들을 수 있다. 그림을 잘 그리고 상상력이 풍부하지. 어떤 사람을 그 사람의 재능만으로 평가할 수 없다는 걸 잘 알아. 하지만 네가 단점을 받아들이듯이 너의 장점을 부정하지 않았으면 해. 한 사람을 온전히 알려면 그 사람의 모든 것을 이해해야 해. 너는 그런 사람이야. 노력하면 더 잘할 수 있고 회피하면 더는 그 길로는 갈 수 없는 보통의 사람 말이야.

홍이야, 모든 것이 네 의지와 상관없이 정해지던 그 시절은 지나갔다. 우리가 만났던 일이 이미 과거가 되었듯이.

그러니 생각하기를 멈추지 말기를 바란다. 자기 자신에 대해 생각하는 일, 현재를 받아들이고 미래를 개척하는 일, 나는 그게 시간 안에 사는 보통의 인간이 할 수 있는 최선이라고 생각해. 그게, 여전히 쉽게 좌절하고 같은 실수를 반복하는 어른인 내가 해줄 수 있는 얼마 되지 않는 충고란다.

"선생님, 주대가 자꾸 반칙해요."

남은 카드 장수를 흘끔거리던 필이가 옆자리 친구를 비난한다. 카드 한 장을 흘렸을 뿐이다. 반칙이라기보다는 실수에 가깝다. 주대는 몸이 불편한 친구라 그런 일이 잦다.

"반칙 아닙니다. 다음 사람."

심판이 이의를 기각하고 게임을 속행하자 주대가 반색하며 남은 카드를 모두 테이블 가운데에 내려놓는다.

"주대 손에 카드가 한 장도 없네요? 이번 게임은 주대의 승리!"

"에이! 무효, 무효, 선생님 한 판 더해요."

필이는 예전처럼 씩씩대며 항의하는 대신 싱글싱글 웃으며 카드를 한데 모은다.

규칙 지키기를 싫어하고 쉽게 화를 내던 필이로서는 큰 변화다. 그동안 진행한 그룹수업 덕분이다. 필이는 중학교 3학년 때부터 또래 아이들 네 명과 함께 수업에 참여했다.

필이와 개별수업을 병행하게 된 건 그룹수업을 시작한 지 1년이 지났을 무렵이었다. 어느 날 필이 할머니께서 전화를 주셔서 "아이가 집에서도 선생님이랑 수업하고 싶어 해요" 하셨다.

필이는 아버지와, 제대한 지 얼마 안 된 형 그리고 주 양육자인 친할머니와 지내고 있었다. 가정방문 수업 첫날 할머니께서는 그동안 살아온 이야기를 해주셨다.

"아범이 애 엄마와 헤어지고부터는 줄곧 필이를 돌봤지요. 복지관이니 어디니 전부 다 내가 데리고 다녔습니다. 초등학교 들어가기도 직전에 지적장애 판정을 받았는데, 그때에 비하면 지금 사람 됐어요."

말씀하시는 할머니 얼굴에 주름이 가득하다. 상담 내내 당신이 짊어져야 했을 삶의 무게를 느낄 수 있었다. 나는 필이가 의욕적이니 수업 결과가 좋을 거라고 말씀드렸다. 그렇게 해서 일주일에 두 번, 각각 개별 수업과 그룹수업을 진행하게 되었다.

필이는 경계성 지적장애였다. 할머니 말씀이, 처음 그 사실을 주변 사람에게 털어놓으면 놀란다고들 한다. 겉보기에 전혀 문제가 없어 보이기 때문이다. 필이는 말도 잘하고 상동행동도 없으며 늘 활기에 차 있다. 행동이 과장되고 산만한 감이 있지만 그 나이 아이들이 보이는 범주를 크게 뛰어넘지는 않는다.

문제는 학습이었다. 또래보다 학습 능력이 떨어졌는데 특히 국어와 수학이 힘들었다. 읽고 쓰기에 문제가 없지만, 독해와 작문이 어려웠고 수학은, 기초적인 사칙연산에도 능숙하지 못했다.

언어 검사를 실시해 정확한 언어 수준을 평가했다. 어휘력이 또래보다 1년 6개월에서 2년가량 지체됐으며 언어논리적 사고를 측정하는 〈문제해결력〉 검사 결과는 나이에 비해 2년 이상 지체된 결과를 보였다.

대상자의 연령대를 고려하여 담화 능력, 어휘력, 독해력과 논리적 사고 키우기 등을 목표로 잡았다. '담화', 즉 이야기를 잘하려면 정보를 가공하고 전달하는 능력과 함께 상대의 의도와 관점을 파악할 수 있어야 한다.

〈이솝 우화〉와 초등 논술 교재를 활용하기로 했다. 우화는 분량이 짧고 등장인물과 배경, 사건이 명확하다. 또한 글쓴이가 전달하고자 하는 메시지 즉, 교훈이 있다.

"그렇다면 이 이야기의 교훈이 뭘까?"

〈곰과 두 친구〉 이야기를 읽고 물었다.

"배신을 하면 안 된다, 이거죠!"

필이의 대답에는 자신감이 차 있다.

"좋아. 그렇다면 이 친구가 혼자 나무 위로 올라가 숨는 대신 어떻게 했어야 할까? 어떻게 하면 배신을 안 하게 될까, 너라면 어떻게 하겠니?"

이번에는 당황하는 기색이 역력하다.

"나는 절대 혼자 안 가요. 형이 배신하면 나쁜 사람이라고 했으니까요. 곰이 친구를, 어쨌든 냄새만 맡고 갔잖아요. 다행이죠."

"그래, 그러니까 너라면 어떻게 했을 거 같아?"

한 번 더 물었다.

"형이 배신하면 나쁜 사람이라고 했어요."

필이는 좋은 것과 나쁜 것, 옳은 일과 옳지 않은 일에 민감하다. 그래서 〈이솝 우화〉를 읽고 나면 묻지 않아도, 누가 잘했는지 누가 못했는지 이야기한다. 읽은 내용을 자꾸만 사적 경험과 연결시키려는 것도 필이가 보이는 특징이었다. 어려서부터 '하지 말아야 할 것'을 기억하는 게 중요한 환경에서 자랐기 때문인지도 모른다. 할머니 말씀으로는 아버지, 형과의 관계가 그다지 좋은 편이 아니다. 체벌도 잦았던 것 같다.

어린아이일 때는 해도 되는 것과 하지 말아야 할 것을 구분하는 게 매우 중요하다. 하지만 그런 기초적인 사회적 규칙을 익히고 나면 '의사결정'이 중요해진다. 그러려면 자신이 할 수 있는 것과 할 수 없는 것을 파악해야 한다.

필이는 하지 말아야 할 것을 아주 잘 알았지만 그 대가로 자신이 할 수 있는 일은 아무것도 없다고 생각하게 된 것처럼 보였다. 언어치료사로서 이러한 '착각'에서 벗어나게 돕는 일은 '관점'을 이해시키는 것이었다. 어른들의 관점에서 하지 말아야 할 일이 필이 관점에서는 충분히 할 수 있는 일이라는 걸 알아야 했다. 그래서 두루미 입장과 여우의 입장에서 각각 생각해보는 연습을 했다. 곰의 입장에서, 땅바닥에 엎드린 친구의 입장에서 말해보기가 그랬다.

'관점'은 담화에서 매우 중요하다. 누구의 입장인지에 따라서 이야기가 달라지기 때문이다. 나는 이러한 '입장 전환'의 어려움이 필이의 인지적 능력보다는 '규칙'에 대한 강박에서 왔다고 생각했다.

필이는 오해를 많이 한다. 그래서 친구들과 다툼이 잦다. 메신저로 대화를 주고받다가 욕을 하고 전화기를 집어던지는 일도 자주 있었다고 할머니께서 말씀하셨다. 왜일까?

"제가 하지도 않은 일인데, 막 나를 욕하고 그래요. 애들이. 나는 아닌데."

언젠가 필이가 내게 했던 말이다. 무슨 일인지는 모르지만 주위 아이들이 필이를 비난하고 있으며 필이는 스스로 그 이유를 납득할 수 없는 상황인 건 분명했다.

필이는 자주 상대가 자신을 비난한다고 생각한다. 그래서 메신저에 욕을 써넣는다. 이러한 분쟁은 필이가 자신의 입장을 변호하지 못하는 데서 온다고 생각한다. 많은 사람과 소통하려면 필이는 객관적인 옳고 그름이 아니라 자기 입장을 설명할 수 있어야 한다.

우리에게 주어졌던 3년이라는 시간 동안 한 일들이 그랬다. 기분·감정과 관련한 어휘를 익히고 입장을 전환하고 사실과 의견을 분리하는 연습을 했다. 또래의 다른 친구들이 어른들도 풀기 힘든 문제가 그득한 학습지를 펼치고 새벽까지 씨름하는 동안 우리는 아주 사소해 보이는 일들을 한 셈이다.

일반학교 특수반인 필이는 치열한 입시전쟁에서 벗어나 있었다. 따로 마련된 교실에서 일찌감치 습득했어야 할 것들, 초등 고학년 수준의 어휘를 익히고 문법을 배웠다. 어쩌면 필이는 대학에 가고 취직을 해서 결혼을 하고 아파트와 차를 마련할 수 있는 '행복의 나라'로 향하는 거대한 배에 동석하지 못했다는 사실을 알고 있었는지도 모른다. 우리가 타고 있는 배는 너무도 작았고 쉽게 흔들렸으며 흘러가는 방향도 알 수 없었다. 파도가 칠 때마다 거대한 배가 우리 곁을 스쳐 지났다는 사실을 알았지만, 그들을 따라잡을 수 없었다.

다행히 필이는 과제를 거부하거나 수업에 흥미를 잃지는 않았다. 나는 필이의 동기를 자극하는 법을 알고 있었다. 그것은 '경쟁'이었다. 어른인 나와 일대일로 경쟁하고 있다는 사실, 가끔은 선생님도 자기처럼 실수하거나 모를 때가 있다는 사실을 확인하고 싶어 했다. 그래서 점수판을 곁에 두고 아이가 과제를 수행할 때마다 점수를 매겼다. 역할을 바꾸어 필이에게 문제를 내도록 했고 일부러 틀리거나 아주 어렵다고 엄살을 부렸다.

경쟁 바깥에 있다고 해서 결코 경쟁에서 자유로워지지 않는다는 사실을 나는 그때 깨달았다. 필이는 자신이 열등하지 않다는 사실을 증명하고 싶어 했다. 어렸을 때부터 "넌 그것도 못 하냐?" "몇 번을 가르쳐줘야 돼?" "바보 같은 자식, 너 때문에 창피해 죽겠다"는 말을 거의 하루도 빠짐없이 듣고 자란 그로서는 당연한 일이었다.

필이만 그런 건 아니다. 나와 같은 평범한 어른도 같은 이유로 절망하고 좌절하고 우울하다. 우리를 짓누르는 것은 내면화된 타인의 평가와 비난이다. 그래서 필이와 나는 다음과 같이 계속 연습했다.

> "그렇지 않아. 그건 네 생각이야. 사실 난 잘하는 일도 많아."
>
> → **사실과 의견 분리하기**

> "그렇게 말하면 나도 기분 나쁘지. 내가 잘못한 일도 아니잖아."
>
> → **내 입장에서 설명하기**

“세 자릿수 더하기는 나한테는 어려워. 그렇다고 해서 내가 쓸모없는 사람은 아니지. 계산은 계산기로 하면 돼.”

**→ 할 수 있는 것과 할 수 없는 것 받아들이기**

장애의 정도가 아주 미약한 아이들이 있다. 자폐 성향도 없고 단지 학습능력만 떨어지는 친구들로 경계성 인지장애 아이들이 대표적이다. 겉보기에는 또래 아이들과 차이가 없지만 대화를 하다 보면 뭔가 다르다. 논리가 없고 주제에서 자주 이탈한다. 쓰는 어휘가 단조롭고 뉘앙스나 간접적·비유적 표현에 약하다. 그런 아이들을 만날 때마다 본능적으로 그들이 자신을 ‘바깥’에 있는 사람으로 취급한다는 느낌을 받는다.

언어치료사로서 무엇을 할 수 있을지 고민하게 만드는 지점이다. 뭔가를 더 알아야 이 아이들이 더 행복해질지, 어떤 기술을 습득해야 다른 아이들과 똑같이 생활할 수 있을지 아직 모른다. 다만 한 가지 깨달은 점이 있다면, 늘 경쟁에서 배제됐던 이 아이들이 역설적으로 경쟁에 목말라한다는 점이었다. 이길 수도 있고 질 수도 있다는 것, 잘할 수도 있고 못할 수도 있다는 것을 경험하고 싶어 한다. 진다고 해서 내가 열등한 사람이 아니라는 걸 확인받고 싶어 한다. 그래서 자주 컴퓨터 게임, 모바일 게임에 빠진다. 이 친구들이 원하는 건 누군가의 한 마디다.

"너도 우리랑 같아. 이기기도 하고 지기도 하지."

경쟁을 통한 성취는 우리가 속한 사회의 규칙이다. 그게 옳지 않을 수도 있다. 경쟁은 우리를 소진시키고 낙담하게 만든다. 하지만 더 나은 삶으로 나아가고자 하는 동력이 되기도 한다. 필이 같은 아이들이 안전한 방식으로 그러한 틀 안으로 들어올 수 있기를 바란다. 그러면 조금 덜 경쟁적인 사회가 되지 않을까. 하지만 어떻게? 필이가 다른 아이들보다 더 높은 수학 성적을 받을 수 있을까. 더 좋은 대학에 가고 더 좋은 직장에 들어가 더 많은 돈을 벌 수 있을까.

핸디캡이 있는 친구들에게 경쟁은 어떻게 가능한가. 필이가 진심으로 바라는 건 경쟁이 아닌 돌봄이었을까. 자의식이 충만한 경계성 지적장애 아이들에게 필요한 건 '도움이 필요한 사람'이라는 메시지일까, '넌 썩 괜찮은 사람이야'라는 메시지일까. 왜 돌봄은 스스로 경쟁할 능력이 없는 사람에게 향하는 거라는 오해가 널리 퍼진 걸까. 필이를 생각할수록 너무 많은 질문이 머릿속을 떠돌게 된다.

중요한 건 타인의 평가에 주눅 들지 않는 단단한 자아에

달려 있을 것이다. 우리가 함께한 시간이 그런 자아를 기르는 데 조금이라도 도움이 될 수 있었다고 믿는다.

## 필이에게

필아, 이 말씀을 꼭 할머니에게 전해드리렴. 비록 하늘나라에 계시기는 하지만 네 목소리라면 금세 알아듣고 귀 기울이실 거야.

"할머니, 방문 첫날 할머니께서는 제게 필이를 당부하셨습니다. 부족한 점이 많지만 심성은 고운 아이라고 하셨어요. 때로 고통을 호소하셨습니다. 아이가 크면서 통제하기가 힘들다고, 형이나 애 아빠가 좀 더 신경을 썼으면 좋겠는데 먹고사느라 힘들어서 그러질 못한다고. 언제쯤 이 힘든 생활이 끝이 날지 알 수 없다고 하셨어요. 주말이면 산과 사찰에 다니시면서 마음을 닦으시는 게 유일한 낙이라고도 말씀하셨습니다. 아마 제가 들은 이야기는 필이도 모두 알고 있었을 거예요.

'공부 열심히 해라. 애들하고 싸우지 마라. 돈 아껴 써라.'

필이는 할머니께 이런저런 '잔소리'를 들을 때마다 짜증을 냈습니다. 하지만 제게는 늘 할머니밖에 없다고 했어요. 자기를 정말 아끼는 유일한 사람이라는 걸 필이는 알고 있습니다.

하고 싶은 말이 많았는데 막상 하려니 잘 생각이 나질 않네요. 필이가 잘 성장할 수 있었던 것과는 별개로, 어떤 한 사람에게 가족들을 돌보아야 할 부담을 모두 지우는 건 가혹한 일이라고 생각합니다. 할머니께서는 아마도 당신이 할 수밖에 없었던 선택을 다른 비슷한 가정들은 하지 않을 수 있었으면 좋겠다고 생각하시겠죠. 그래도 지금은 가사도움이나 이동지원, 치료서비스 지원 같은 제도들이 계속 확충되고 있어서 앞으로는 더 나아질 거라고 말씀드릴 수 있어서 기쁩니다.

필이가 사회적 배려자 지원으로 대학에 합격했을 때 기뻐하시던 모습이 생생합니다. 졸업하고 취업하는 것까지 보셨으면 더 좋았을 텐데, 안타까워요. 어엿한 성인으로서 필이는 자기 몫을 잘 해낼 거예요. 그러니 이제 걱정 놓으시고 온전히 할머니만의 시간을 보내시기를, 희생하셨던 그 숱한 시간 모두 잊으시고 행복하시기를 기원합다. 늘 평안하세요."

# 우리의 세계를 구축하는 나만의 방식

베란다 문밖으로 따가운 여름 햇살이 쏟아지는 오후, 우리는 선풍기 바람에 더위를 식히며 블록놀이를 했다.

"파란 블록을 여기에 끼울까? 끼워서 길게 늘일까?"

일부러 서술어(동사)를 바꿔 말하며 말을 걸었다. 칼로 '자르고' 가위로 '오리고' 풀은 '칠하'고 테이프는 '붙였'으며 송곳으로 '찌르'거나 구멍을 '팠'다.

"앙이요, 이거로 이어케 이어케 해여."

호야는 자기만의 방법이 따로 있다는 듯이 눈도 마주치지 않고 앞에 쌓아놓은 블록을 만지작거린다. 종이접기도 호야가 좋아하는 놀이 중 하나였다.

"오, 그렇게 하는 거구나. 반으로 접은 다음에 가위로 잘라? 그러고 나서는? 붙여야 하잖아. 어떻게 해?"

"이거로 여기를 이어케 이어케."

"에이, 풀로 붙이라고 되어 있네. 호야, 저기 풀 있다. 가져다줄래?"

호야가 고개를 절레절레 흔든다. 색종이를 투명테이프로 덕지덕지 이어 붙인다. 재미있자고 시작했는데 왠지 감정이 상한다. 거절당한 기분이다. 호야는 왜 풀칠을 하는 대신 투명테이프를 고집할까. 편해서? 다른 방법으로는 해본 적이 없어서? 자기 방식이 옳다는 걸 선생님한테 보여주기 위해서?

이번에는 재활용품으로 장난감 자동차 만들기 시간. 병뚜껑 두 개를 맞붙여서 바퀴를 만들고 가운데에 송곳으로 구멍을 낸다. 두 개 바퀴를 대나무꽂이로 이으면 한 축의 바퀴 쌍이 완성된다.

"호야, 여기 구멍 보이지? 여기다 이걸 꽂아. 이렇게."

나는 호야가 교재에 적힌 대로 이행하기를 바란다. 하지만 호야는 이번에도 자기 방식을 고수한다.

"아니, 호야. 투명테이프 말고! 그거로는 붙일 수가 없어."

선생님의 지적에도 아랑곳없이 투명테이프를 뜯어 대나무꽂이와 바퀴를 덕지덕지 감싼다. 그 모습에 나도 모르게 감정이 폭발하고 만다.

"아니! 다시 하세요."

나는 호야가 붙인 투명테이프를 일일이 뜯어내고 교재에 적힌 대로 병뚜껑 바퀴 가운데 구멍에 대나무꽂이를 끼울 것을 요구한다.

"시어. 이거로 이어케 이어케."

호야는 거부한다. 빨개진 얼굴, 한껏 찌푸린 미간, 검은 뿔테안경이 흔들릴 정도로 거칠어진 호흡. 마침내 투명테이프를 꽉 쥔 손등 위로 굵은 눈물이 뚝뚝 떨어진다.

활동 초기에는 친밀감 형성이 중요하다. 그래서 과제 대신 놀이를 제시하고 그 안에서 아이가 좋아할 만한 것들을 찾는다. 이때는 일종의 '기 싸움'이 벌어지는 시간이기도 하다. 아이는 아이대로 '이 어른이 도대체 뭘 하려는 걸까' 하며 긴장한 상태로 주의 깊게 선생님을 관찰한다. 대개의 아이들이 그렇듯이, 자기가 이 관계를 어느 정도 통제할 수 있는지를 시험하려 든다. 특히나 오랫동안 치료 수업을 해온 아이라면 상대에게 밀리지 않기 위해 다양한 수단을 동원한다. 말 잘 듣는 척

하다가 떼쓰기, 치료사가 받아줄 수 없는 요구하기, 자기 하고 싶은 것만 하려고 하기, 치료사가 요구하는 건 무조건 안 하기, 엄마한테 가서 안기기, 이도 저도 안 되면 울기….

이 모든 것이 어쩌면 상대가 믿어도 될 만한 사람인지, 안전한 사람인지를 확인하기 위한 행위일 수 있다. 어려운 일이다. 아이마다 가정환경, 기질, 장애 특성 등이 다르기에 딱, 이렇게 대처해야 한다 싶은 정해진 기준이 없다.

갈등 상황에서 아이와 접점을 찾지 못할 때 어떻게 해야 할까? 오랜 시행착오 끝에 내가 나름대로 내린 결론은 이렇다.

**첫째, 원칙을 세운다**

> 호야는 어휘가 부족하다. 동사 사용이 제한적이다. 그래서 '꽂는다'는 표현 대신 '이렇게 한다'고 말한다. 나는 호야가 직접 꽂는 행동을 취하면서 그 말을 온전히 실감하기를 바란다. 하지만 호야에게는 투명테이프가 있다. 이럴 때는 호야를 울리더라도 대나무꽂이를 사용해 '꽂는' 것이 맞다. 치료사로서 해당 과제 수행을 관철시키는 것이 맞다. 원칙은 수업 목표와 결부되어야 한다. 수업의 목적이 언어발달을 돕는 것이라면 치료사의 행동도 거기에 맞추어야 한다.

**둘째, 예외를 허용한다**

아이들은 대개 어른의 요구를 이기지 못한다. 겁도 나고 결국에는 자신들이 질 거라는 걸 알기 때문이다. 이런 일이 반복되면 아이들은 의욕을 잃고 자율성에 손상이 올 수도 있다. 그래서 예외가 필요하다. 자신들이 약하거나 힘이 없어서 지시에 따르는 것이 아니고 모두에게 이로운 '원칙' 때문이라는 걸 알아야 하기 때문이다. '예외'는 아이들이 숨 쉴 '자유지대'이자 무엇이 '원칙'인지 알게 해주는 장치이다.

다음 번 만들기 활동에서 호야는 투명테이프를 사용했다. 그 날은 예외적으로 '호야가 하고 싶은 대로 하는 날'이었기 때문이다. 조건은 '다음 번에는 교재에 적힌 대로 하기'였다.

**셋째, 아이의 요구를 수용한다**

아이들과 '기 싸움'을 할 때마다 마음이 불편하다. 어른인 내가 감정적으로 대응한 건 아닌지 싶어 미안하다. '그게 정말 옳은가?' 하는 회의도 생긴다. 원칙을 고수하기 위해 매번 부딪치는 일을 감당하기도 쉽지 않다. 그럴 때는 '양보'가 필요하다. 서로 팽팽하게 맞선 상황에서 뒤로 한걸음 물러서는 것이다. 생각만큼 쉽지는 않다.

호야는 발음 연습을 극도로 싫어했다. 하지만 현재 조음 상황이 좋지 않았고 말 명료도를 높이는 게 의사소통 측면에서 중요했다. 나는 발음 연습을 한다는 원칙을 지키고자 했다. 하지만 아이의 거부의사가 분명했고 거기에는 나름대로 이유가 있었다. 수년 전부터 타 기관에서 조음치료 수업을 해왔고 그 과정에서 상당한 스트레스를 받았다. '아이의 자존감을 손상시켜야 할 만큼 발음이 중요한가?' 자문해보았다. 호야의 요구를 받아들이는 것이 옳다는 생각이 들었다. 호야에게 물었다.

"정말 조음 연습이 하기 싫으니?"

"(울면서) 끄덕끄덕."

이후 조음은 언어치료 수업 목표에서 삭제했다.

호야는 전농(양쪽 귀 모두 소리를 들을 수 없음)으로 태어났다. 돌 무렵 그 사실을 알게 된 부모님은 당시 정부 지원을 받아 인공와우 수술을 했다. 이후 줄곧 청각재활 훈련을 받아왔으며 보건복지부 바우처 사업을 알게 되어 가정방문 언어치료 수업을 신청했다. 당시 초등학교 1학년이었던 호야의 언어발달 수준은 다음과 같이 기록되어 있다.

"말 이해도 검사(EARS)에서 1음절의 경우 100퍼센트 변별이 가능했다. 4어절 문장 듣기에서 120개 낱말 중 60개 변별(50퍼센트)이 가능했다."

간단한 문장은 상대적으로 정확하게 이해하지만 4어절 이상은 반만 알아듣는다. 즉, 나머지는 눈치껏 판단하는 상태였다.

뒷말을 잘 못 듣다 보니 서술어(동사·형용사)에 약하다. 또한 듣기의 어려움은 발음과 구문에도 영향을 끼친다. 내가 어떻게 해야 원하는 소리를 낼 수 있는지 잘 모르는 상태에서 말하게 되므로 정확한 발음이 어렵다. 호야의 경우 치조음이 구개음으로 대치되고 종성이 생략되면서 전체적으로 받침이 빠지고 어눌한 느낌을 주었다. 구문적으로는 우리말의 특성(교착어)인 어미와 조사 변화를 구별하고 적절하게 구사하는 데 서툴렀다. 대신 오랫동안 시각적 단서를 대체제로 활용하면서 글자도 일찌감치 깨친 상태였고 그림도 잘 그렸다.

먼저 또래 수준에 걸맞은 어휘력을 기르기로 했다. 첫 번째로 서술어. 동사는 만들기와 몸 활동으로, 형용사는 그리기와 만들기를 하면서 연습했다. 보통은 플래시카드 등 그림과 사진으로 배우지만 호야는 직접 몸으로 느끼는 게 필요했다. 학교 운동장에서 축구를 하거나 배드민턴을 하면서 각 동작을 말하게 하고 그림을 그리면서는 모양과 느낌 등을 묘사하게 했다. 인터넷에서 얻은 동영상도 좋은 교재가 되었다. 구문 연습은 일반 학습 교재(문법)를 썼다. 발음 연습은 따로 하지 않고 읽기로 대체했다. 한 글자 한 글자 읽고 읽은 내용을 녹음하여 청각적으로 피드백해주었다.

호야가 중학교에 올라가고부터는 논술 교재 등으로 논리적 글쓰기 등 언어를 통한 생각 넓히기 쪽으로 나아갔다. 고등학생이 되고부터는 토론학습을 도입했다. 찬반토론 주제를 선정하여 자기 생각을 논리적으로 말하고 쓰는 연습, 특정 주제에 대해 자기 의견을 말하는 연습, 타인의 의견에 반론을 제기하고 자기 의견과 절충하는 연습 등을 했다.

그렇게 만 12년 동안 매주 2회 혹은 1회씩 수업을 했다. 그러는 동안 호야는 키가 훌쩍 커서 180센티미터가 넘었으며 앳된 얼굴에는 거뭇거뭇 수염이 그려졌다. 고집쟁이 어린아이는 이제 취업을 해서 돈을 많이 벌고 싶어 하는, 세상에서 가장 고마운 사람이 어머니이고 그다음이 아버지, 그러니까 효도를 하면서 살고 싶다고 말하는 청년이 되었다.

호야는 특성화고등학교에 진학했다. 특수반에서 수업을 받으면서 재학 중에 컴퓨터 관련 자격증을 따는 등 학교생활은 모범적이었다. 그림 실력도 뛰어나 시에서 주관하는 공모전에 입상한 적도 있다.

고등학교 3학년 2학기 가을 무렵 우리는 게임학과 진학을 목표로 면접 연습에 집중했다.

"안녕하세요. 저는 OO고등학교에 재학 중인 호야라고 합니다."

무릎에 다소곳이 손을 올린 호야가 긴장된 얼굴로 자기를 소개했다.

"좋아요. 그런데 왜 우리 학교에 지원하셨나요? 다른 대학도 있잖아요."

"네, 게임학과에 지원하기 위해 인터넷 자료를 찾아보았습니다. 그러다가 이 학교가 가장 좋다는 걸 알았습니다. 교수님들도 훌륭하시고 취업률도 좋았습니다. 실습 프로그램도 좋다고 들었습니다."

"그렇군요. 알겠습니다. 그럼 우리 학과에 지원하기 위해 그동안 어떤 노력을 했는지 말씀해주세요."

나는 짐짓 면접관처럼 근엄한 표정을 지으며 호야에게 물었다. 그러면 호야는 연습했던 내용을 떠올리기 위해 천장을 쳐다보기 일쑤였고, 이러한 장면은 그대로 녹화한 동영상에 담겼다. 우리는 인터넷에서 찾은 면접 시 올바른 태도와 자세, 발성법 등을 보며 그대로 따라 했다. 예상 질문과 모범 답안을 찾고 거기에 호야만의 개성을 드러내기 위해 노력했다. 동영상을 다시 보면서 '방금처럼 천장을 보면 면접관이 준비가 덜 된 거로 여기지 않겠느냐'며 수정해야 할 부분으로 체크했다.

그해 겨울 호야는 어머니와 함께 면접장을 찾았다. 그리고 얼마 후 낙방 소식을 들었다. 어머니는 서운해했지만 호야는 개의치 않아 하는 눈치였다. 오히려 일반 학생들과 함께 똑같이 면접관 앞에 섰다는 사실을 자랑스러워하는 듯했다. 생각해보니 호야 입장에서는 한 번도 그래본 적이 없었다.

수업은 종결을 앞두고 있었다. 바우처 서비스 사용 기간이 만료되었기 때문이다. 나는 호야에게 더 이상 누군가의 도움을 필요로 하지 않는다는 사실이 나쁜 것만은 아니라고 말하고 싶었다. 하지만 너무 긴 문장이었으므로, 다른 방식으로 그 마음을 전하기로 했다.

마지막 수업 때까지 호야에게 포토샵을 배웠다. 호야는 내

부탁에 어깨를 으쓱하더니 능숙하게 브러시 툴을 조작하고 필터를 적용했다. 텍스트 박스의 모양을 바꾸고 레이어의 투명도를 조절했다. 그래픽 기술자격(GTQ) 2급의 위엄이 빛나는 순간이었다. 나는 틈틈이 질문을 했고 그때마다 어김없이 완벽한 설명이 돌아왔다. 호야는 친절한 사람이었다.

## 호야에게

가끔 네가 너만의 세계에 빠져 있다는 생각을 한 적이 있다. 대화 도중에 빤히 내 눈을 쳐다보거나 아무 말도 하지 않았는데 내가 방금 뭔가를 요구한 것처럼 네가 어깨를 으쓱했을 때가 그랬다. 그럴 때면 네 세계에 노크도 없이 문을 열고 들어선 것만 같아 미안한 마음이 들었다.

그래서 너는 혼자 있는 시간이 가장 좋았을까. 누구의 방해도 받지 않고 마음껏 생각할 수 있는 시간, 방금 저 사람 말을 제대로 못 알아들었나? 하는 불안이 없어도 되는 시간 말이야.

혼자 방 안에 앉아 만화책을 보고 게임에 대해 생각하는 너를 상상해본다. 네가 그리는 미래는 어떤 것일까. 듣지 않아도 되는 세상. 보는 것만으로도 모든 것을 느낄 수 있는 세상. 어머니, 아버지와 행복하게 영원히 살게 될 세상. 너를 아끼는 동료들과 좋은 게임을 만들며 보람 있게 살아가는 세상. 나는 그런 세상이 실제로 오리라는 믿음을 강요하고 싶지 않다. 그보다는 상상할 줄 아는 지금의 네가 훨씬 더 중요하다고 생각하니까.

너에게는 선량한 마음이 있다. 너를 위해 아낌없이 몸과 마음을 희생한 부모에 대한 마음, 친구들을 사랑하는 마음, 끔찍한 뉴스를 보며 가슴 아파할 줄 아는 마음 말이다.

그건 배워서 생기는 게 아니다. 원래 너에게 있는 것이다. 어쩌면 너만의 방식을 지켜나가려는 고집이 네 안의 보석을 지켰는지도 모르겠다. 덕분에 지난 오랜 시간, 우리의 수업이 일방적이지만은 않았다는 말을 전하며 편지를 맺을 수 있게 되었다.

사람으로 태어나 지켜내야 할 것이 있다는 걸 알려주어서 고맙다. 너를 통해 그것이 자기 안의 어떤 '마음'이고 태도라는 걸 알게 되었다.

영원히 너의 세계와 함께 행복하길.

# 주니네 집

육교를 지나 아파트 단지로 향한다. 출근 시간이 막 지났을 때라 정류장에서 입구로 이어지는 인도는 한산하다. 교목으로 세운 울타리 사잇길을 따라 언덕을 오르다 한쪽에 전동 수레를 세우고 앉아 쉬고 있는 야쿠르트 아주머니와 눈이 마주친다. 바로 뒤 건물 12층이 주니가 사는 곳이다. 일주일에 한 번 우리가 만나서 언어치료 수업을 하는 곳. 우리는 그곳에서 술래잡기를 하거나 풍선 치기, 그림 그리기, 블록 놀이를 했다.

주니는 만 2세의 남자아이로 또래보다 몸집이 작았고 아직 기저귀를 하고 있었다. 웃을 때마다 보조개가 들어가는 귀여운 아이였는데 처음에는 경계심이 무척 강해서 (어떤 요구도 하지 않았음에도) 도토리처럼 짧게 깎은 머리를 절레절레 흔들거나 입을 꼭 닫고는 새로 온 '언어 선생님'을 노려보기 일쑤였다. 당장 눈앞에서 사라지지 않으면 곧 울어버리겠다고 엄포를 놓는 듯한 눈으로 말이다. 그러면 나는 어쩔 수 없이 가방을 열어 주니가 좋아하는 장난감을 내놓아야 했다.

주니의 언어치료 수업은 말 표현이 부족하다는 보호자의 의뢰로 진행하게 되었다. 실제로 아이는 말이 거의 없었고, 대신 어른의 손을 잡아끌거나 특정 방향을 가리키는 모습을 보였다. 발화 의도가 없지는 않아서 소리를 내려다 그러지 못하고 침을 꿀꺽 삼키는 장면이 여러 번 눈에 띄었다. 어머니께 여쭤보니 엄마, 아빠 등의 표현은 가능하고 평소에는 '아'나 '어' 같은 소리로 의사를 표현한다고 한다.

아이가 너무 어리거나 표현이 없어 언어발달 수준을 직접 검사할 수 없을 때는 질문지를 이용한다. 주 양육자가 설문조사 문항에 체크한 결과로 아이의 언어발달 정도를 추정하는 방식이다. 결과를 보니 수용언어 24개월, 표현언어 11개월이다. 표현은 부족하지만 또래만큼 어휘도 있고 문장도 이해하고 있다는 뜻이다.

간단하게 육안으로 구강검사를 실시했다. 입천장이나 목젖이 갈라지지는 않았는지, 혀를 내밀거나 좌우로 움직이는 데 어려움은 없는지 확인했으나 이상이 없다. 주니 어머님은 이비인후과 검사에서도 특별한 이상이 없었다고 말씀해주셨다.

아이의 자발화(자연스러운 상황에서 아이 스스로 하는 말)를 관찰하기 위해 거실에서 블록놀이를 했다. 역시나 말이 없었다. 아이는 한쪽 손에 무언가를 꼭 쥐고 있었는데 도무지 놓을 생각을 안 했다. 내가 달라고 하면 고개를 흔들거나 빤히 쳐다보며 거부 의사를 분명히 했다. 놀이에 적극적이었으며 내가 가져간 놀잇감들, 이를테면 흔들릴 때마다 반짝이는 형광 리턴볼, 태엽으로 움직이는 애벌레 장난감 등에 호기심을 보였다.

"주니야, 이거 봐라. 이건 소야. 음메, 음메~ 주니도 해볼래? 음메에~"

주니는 잠깐 입을 오물거리다 말고는 자기가 만든 (아마도) 공룡을 계속 만지작거렸다. 각 휴지통에서 뽑아 온 휴지를 입으로 "파파~" 소리 내며 불었다. 휴지가 살살 허공에서 움직였다. 주니는 눈을 반짝거리며 휴지가 떨어지기 전에 "후" 하고 불었다. 내쉬는 숨과 소리의 강도가 전반적으로 약했다.

이후 주 양육자인 어머니와 상의하여 다음과 같이 수업 계획을 세웠다.

**첫째, 발성 연습**

'아·이·우·에·오' 같은 모음을 모방하게 유도하고 비눗방울 불기나 탁구공 불기, 색종이 조각 불기, 비닐봉지 불기 등을 하면서 호기(날숨)를 강화하는 연습을 했다. 발성에는 폐부의 공기를 밀어낼 만큼의 압력이 필요하다.

**둘째, 구어를 통한 의사 표현**

현재 아이는 손으로 가리키거나 잡아끄는 등 몸짓으로 표현을 대체하고 있다. 이를 말 표현으로 전환하도록 유도하기로 했다. 고개를 젓거나 흔드는 대신에 "네" 혹은 "싫어" 라고 말하기, 손가락으로 가리키는 대신 "이거" "저거" "여기"라고 말하기 등이 여기에 해당한다.

**셋째, 낱말 표현**

아이가 언어 이해에 어려움이 없는 만큼 말 표현을 최대한 끌어내는 게 중요하다고 판단했다. 발음하기 쉬운 말, 가장 많이 쓰이는 말부터 시작하기로 했다. 1, 2음절의 낱말을 놀이 상황에서 자연스럽게 모방 유도하기로 했다.

전체적으로 '표현'에 초점을 맞춘 계획이었다.

수업은 순조롭게 진행되었다. 아이는 경계심을 보이면서도 쉽게 놀이에 빠져들었다. 수업 1년 여 동안 주니는 많은 발전을 보였다. 서너 달 동안 '마·바·파' 같은 입술소리를 모방하다가 나중에는 'ㄴ·ㄷ·ㅌ·ㄸ' 같은 잇몸소리도 제법 낼 수 있게 되었다. 6개월이 지나면서는 간단한 낱말을 모방했고, "엄마 이거" "아빠 거" "이거 저기"와 같은 구절 표현이 빈번해졌다. 그동안 입을 닫고 있던 주니로서는 큰 발전이었다.

기억에 남는 일도 있었다. 주니네는 맞벌이 가정이다. 근무지가 먼 아버지 대신 어머니가 가정방문 수업이 있는 요일에만 출근 시간을 한 시간 늦추었다. 그래서 주니는 수업이 끝나면 곧바로 아파트 단지에 있는 어린이집으로 등원한다. 그날도 수업이 끝나고 주니, 주니 어머니와 함께 엘리베이터에 탔다.

출근길인 어머니 품에 안긴 주니가 손에 꼭 쥔 무언가를 내게 내밀었다. 스키틀즈 열대과일맛이다.

"고마워, 주니야 잘 먹을게. 우리 주니도 어린이집 가서 점심 맛있게 먹고 재미있게 놀아~"

"아니에요, 오늘은 어린이집 안 가요. 병원에 갈 거예요."

어머니가 웃으며 주니 대신 말한다. 나는 아까 주니가 기침을 하던데 감기에 걸린 거냐고 물었다. 그런데 돌아온 대답이 뜻밖이라 나는 조금 놀랐다. 아이가 심장이 좋지 않다고 했다.

"심장이요?"

"네, 선천적으로 장애가 있어요."

그때 엘리베이터 문이 열렸고 나는 더 묻지 못했다. 주니는 종이에 그린 것 같은 눈을 깜빡이며 손을 흔들었지만 나는 왠지 미안한 마음이 들었다.

내가 만나는 아이들 중 상당수는 장애가 있다. 어쩌면 예정된 일이었는지도 모른다. 시간이 지나면서 익숙해지기는 했지만 한 명 한 명 그 속사정을 확인할 때마다 가슴이 쿵 하고 내려앉는 건 어쩔 수 없다.

장애는 본인은 물론 가족의 삶에 큰 영향을 미친다. 처음 장애가 있음을 알게 되었을 때, 가족이 느꼈을 불안과 두려움을 나는 헤아릴 수 없다. 그나마 삶의 파도를 헤쳐 가는 사람들과 오래 함께 일하며 하나 깨달은 게 있다면 동정과 연민은 행복을 향해 항해하는 사람들에게 어울리지 않는다는 것이다.

장애가 있는 아이에게는 힘내라는 말보다 묵묵히 그 옆자리를 지키는 게 더 큰 힘이 된다. 그리고 또 하나, 장애라는 말에 압도당하지 않으려면 익숙해지는 수밖에 없다. 아마도 주니네 가족은 이미 그 일을 해냈는지도 모른다.

수업은 1년 만에 종결되었다. 아버지 직장 사정으로 인해 주니네가 이사를 가야 했기 때문이었다. 다행히 아이는 말이 많이 늘었고 어머니도 조금 안심한 듯했다. 수업 초기 신경질적이며 예민했던 주니 성격도 밝아진 것 같았다. 유아기 언어는 성격에 크게 영향을 미친다. 자기 마음과 의사를 표현할 수 있을 때, 적절하게 받아들여질 때 아이들은 바르게 잘 성장할 수 있다.

수업 마지막 날, 나는 어머니에게 주니가 똘똘한 아이니 새로운 환경에 잘 적응할 수 있을 거라고 말씀드렸다. "아저씨 안녕." 헤어지면서 주니가 그동안 고마웠다는 듯이 나를 향해 손을 흔들었다. "주니 안녕." 나도 주니처럼 말했다. 아이와 엄마가 동시에 웃었다. 그 모습이 한 장의 사진처럼 오랫동안 기억에 남았다.

## 주니에게

지금쯤 초등학교에 들어갔을 주니야, 나를 기억하니? 너는 겨우 만 두 살이 지났을 때였고 말을 시작하려고 애쓰던 때였다. 낯선 사람 앞에서는 입을 꾹 다물거나 엄마 뒤로 가 숨거나 했지. 엄마, 아빠라는 말을 할 수 있으면서도 입이 없는 사람처럼 백팩에서 장난감을 꺼내는 나를 뚫어지게 쳐다보았다.

네가 마음을 연 건 애벌레 태엽 장난감을 거실 한쪽에 풀어놓았을 때였어. 이쪽에서 저쪽으로 꿈틀꿈틀 기어가는 그것을 너는 무척 신기하게 바라보았지. 당연한 일이야. 그럴 줄 알고 내가 고심 끝에 고른 장난감이니까. 그래서 다음에는 종이접기도 하고 그림 그리기도 하고 블록 쌓기도 할 수 있었다.

그다음부터 너는 내 옆에 딱 붙어서 '오늘은 뭐 하나?' 유심히 관찰하면서도 내 말소리를 무심히 따라 할 수도 있었다. 이건 비밀인데, 사실 그때 네가 했던 행동들은 어머니께 '앞으로 이렇게 하겠습니다' 하고 말씀드린 계획의 일부였단다. 선생님 말을 따라 하게 하는 것, 힘들지만 자주 소리를 내게 하는 것. 그게 동물 소리든, 의미 없는 감탄사이든. 우리가 원하는 낱말이든.

주니야, 이 글을 쓰는 지금 나는 네가 유창하게 말하며 친구들과 운동장을 뛰어다니는 상상을 하고 있단다. 너는 충분히 그럴 수 있을 거 같아. 왜냐하면 그때도 정말 큰 변화를 보여주었으니까. 심장이 약하긴 하지만 계속 열심히 운동하고 뛰어놀다 보면 몸이 더 튼튼해지고 그러면 더 잘 말할 수 있게 되리라는 걸 나는 예전에 눈치 챘지.

그러니까 내가 하고 싶은 말의 결론은, 어쨌든 그래서 건강하게 잘 지내달라는 거야. 응원한다!

돌아보지 않기, 행복해지기

"어휘력 검사 결과는 만 4세 수준이었다. 일상 사물과 관련한 낱말을 이해하고 있으며 상대적으로 동작어, 경험과 관련한 낱말에서 어려움이 있다. 사물의 세부, 기능 등을 이해하고 있으며 한 낱말 형태로 자신의 요구를 표현하고 있다. 간단한 질문(이건 뭐야?)에 대답할 수 있으나 상황에 따라 행위자(누구), 장소(어디) 등에 대한 질문 이해에 어려움을 보인다. 또한 말 명료도는 20~30퍼센트 정도로 긴 낱말, 구절 표현의 경우 생략, 왜곡, 대치 오류 등이 관찰된다."

그해 겨울, 그러니까 훈이와 수업을 시작한 지 6개월이 되어 실시한 평가 내용이다. 훈이는 만 14세의 자폐성 장애아동이었다. 일상에서 기본적인 소통이 가능할 만큼의 어휘가 있다. 상대의 요구에 눈치껏 반응하지만 질문의 의도를 이해하지 못하고 뭔가를 설명하기는 어렵다. 무엇보다도 발음이 좋지 않아 이런저런 말을 해도 상대가 알아듣기 어렵다.

훈이를 처음 본 건 몇 년 전 복지관에서 개최한 여름방학 계절학교에서였다. 그때 언어사회성 프로그램을 주관했는데 훈이도 참가자 중 한 명이었다. 아이는 그사이 몰라보게 성장했다. 미소년 같던 얼굴에 여드름이 생겼고 몸집이 거의 두 배쯤 늘었다. 귀여운 어린아이 느낌이 온데간데없고 그 자리에 거구의 소년이 서 있었다.

훈이의 보호자인 어머니는 그사이 조금은 힘이 빠진 듯 보였다. 낯빛이 어둡고 많이 여위었다. 혼자서 삼남매를 양육하는 일에 지칠 대로 지친 기색이 역력했다. 기초생활보호 지원으로 살림을 꾸리는 상황이라고 얼핏 들은 것 같다.

방문 수업은 자유로운 측면이 있다. 훈이와 함께 산책하거나 패스트푸드점을 가는 일이 가능했고 학교 운동장에서 몸놀이를 할 수도 있었다. 그러나 훈이가 어른만큼 몸집이 커서 제어하기가 힘들고 최근에 갑자기 손을 뿌리치고 뛰쳐나가는 행동이 발생했다는 점을 염두에 두지 않을 수 없었다. 일단은 얌전히 안전한 방에서 훈이와 마주 보며 수업을 하기로 했다.

반지하인 훈이 집에는 안방 외에 마땅한 학습 공간이 없었다. 냉장고와 옷장이 있는 거실 한쪽 공간에 접이식 식탁을 펼치고 앉았다. 옷걸이에 걸어놓은 옷들이 커튼 역할을 했다.

글자를 알고 있었기에 조각 글자를 조합해서 낱말을 만들면서 발음 연습을 했다.

"훈이야, 읽어보자, 가로 시작하는 말이지?"

"거…이(가위)."

변성기에 접어들어 걸걸해진 목소리로 훈이가 말했다. 경계심이 많은 아이였지만 초반 10~20분 동안 과제를 함께 수행하는 데는 어려움이 없었다. 안면이 있는 상황이라 그런지 특별히 거부 행동을 보이지는 않았다. 그렇게 처음 몇 개월 동안은 별문제 없이 수업이 이어졌다.

그날도 평소와 다름없이 글자로 문장을 적고 읽기 연습을 하고 있었다. 오류가 발생한 부분을 지적하며 다시 읽을 것을 요구하자 훈이가 갑자기 소리를 질렀다. 싫다는 뜻이었다. 혹은 어렵다는 뜻이었다. 그때 잠시 쉬거나 과제를 전환했더라면 어땠을까. 하지만 무슨 이유에선지 나는 그러지 않았다. 훈이가 지시를 따를 때까지 반복해서 요구했다. 아마도 내 뜻을 관철시키고 싶었던 것 같다. 결국 폭발한 훈이가 종이를 찢고 더 크게 소리를 질렀다. 이웃집의 현관문을 충분히 통과할 만한 소음이었다.

훈이가 종이를 더는 찢지 못하도록 팔을 잡았다. 그러나 물리적으로 내게 밀릴 만한 몸집이 아니었다. 우리는 한동안 실랑이를 벌였다. 겨드랑이가 땀에 젖을 만큼 힘겨루기가 있었고 훈이는 얼굴이 빨개질 정도로 흥분한 상태가 되었다.

그날 이후 거부 행동은 더 빈번해졌다. 게다가 언어 수업에만 한정된 것이 아니었다. 훈이는 그 외에도 특수체육, 감각통합, 사회성 활동 등 다양한 수업을 받고 있었다.

"특수체육 시간에 크게 사고를 쳤대요. 선생님 두세 명이 붙어서 겨우 진정시켰다고 하시는데 얼마나 죄송했던지."

어머니의 얼굴은 상심으로 가득했다. 나는 어쩌면 훈이가 감당하기 어려울 만큼 수업량이 많은 것은 아닌지 조심스럽게 물었다.

"안 그래도 그런 말씀을 하시더라고요. 훈이가 평소에는 순한데 자꾸 뭘 못하게 하고 다시 하게 하고 그러니까 화를 내는 거 같다고요. 그냥 일주일에 이삼일 정도만 수업 시키고 나머지는 쉬거나 산책을 하면서 안정을 시켜주는 게 어떻겠느냐고요."

훈이가 사춘기를 통과하면서 어머니의 불안이 부쩍 심해지고 있었다. 수업량이 많다는 것도 알고 있었고 쉬어야 한다는 것도 알고 있었다. 하지만 어머니는 상담 때 했던 이야기와 달리 점점 수업량을 늘려나갔다. 훈이의 거부 행동은 점점 심해졌고 어머니는 점점 더 야위어갔다. 쉬어야 하는 사람이 훈이만이 아니었다. 어머니가 감당하고 있는 정신적 부담이 임계점을 넘어서고 있다는 느낌이 강하게 들었다.

"훈이가 적응을 못하는 거 같은데. 그냥 다시 데려와야 할까 봐요."

하루는 수업을 마치고 나오는데 어머니가 말씀하셨다. 훈이가 특수학교에 편입하여 그곳으로 등교한 지 한 달쯤 되었을 무렵이었다. 국공립 특수학교는 경쟁이 치열하다. 아침부터 저녁까지 마음 놓고 아이를 맡길 수 있을뿐더러 교육비도 전액 지원받기 때문이다. 덕분에 아침부터 저녁까지 아이 손을 잡고 치료실을 드나들던 어머니는 비로소 혼자만의 시간을 가질 수 있었다. 나는 진심으로 잘됐다고 생각했다. 어머니와 훈이에게는 '분리'가 필요했다. 그런데 갑자기 퇴학을 고려하겠다는 말을 꺼낸 것이다.

"어머니, 그러시면 안 돼요!"

나도 모르게 목소리가 커졌다. 사실은 감정을 억제하지 못할 만큼 화가 났다.

"훈이도 이제 가족과 떨어져 사회에 적응하는 연습을 해야죠. 10년, 20년 계속해서 훈이 손 붙잡고 치료실을 전전하실 수는 없는 노릇이잖아요. 내년이면 열여덟이에요. 이제 곧 성인이라고요. 어머니가 얘 인생을 책임질 수는 없어요. 그러기엔 너무 커버렸어요. 훈이에게도 기회를 주셔야죠. 처음이라 겁도 나고 그래서 사고도 칠 수 있어요. 하지만 적응하는 과정이 필요하잖아요. 훈이를 믿고 계속 학교에 남아 있게 해주세요. 그게 어머니도 살고 훈이도 살리는 길이에요."

왜 그랬을까. 훈이가 발달장애를 안고 태어난 게 자기 탓이라고 믿는 어머니께 화가 났다. 인생을 바쳐서라도 훈이를 끝까지 책임지겠다고 결심한 어머니가 미웠다. 훈이도 미웠다. 훈이가 아니었으면 첫째가 틱 장애를 겪지 않아도 되었을 테고, 또 전교 1, 2등을 다투던 막내가 어느 날 갑자기 학교 폭력에 연루되어 어머니가 학교로 불려가는 일도 없었을 것이다.

훈이 어머니는 결국 특수학교에 자퇴서를 제출했다. 언어치료 수업은 서비스 기간 만료로 종결되었고 그 후로 훈이를 만나지 못했다. 치료사로서 지나치게 감정이입을 했던 것 같다. 가정방문 수업이다 보니 아이가 자라는 환경이 뻔히 보인다. 보호자와의 관계, 가족, 생활, 이런 것들을 알게 되면서 언어치료 수업보다 한 가족의 미래가 훨씬 중요하다는 걸 생각하지 않을 수 없다.

아이의 소통 능력을 기르는 일은 중요하다. 하지만 보호자의 심신이 피폐해지고 가족 시스템이 무너지는 것을 막는 것만큼은 아니다.

그 일이 있기 전 여러 차례 징후가 있었다. 훈이에 대한 어머니의 집착이 눈에 띄게 커졌다. 주변 사람과의 관계를 끊고 조언을 일절 거부했다. 혼자 모든 것을 감당하겠다는 선언이나 다름없었다. 평소 온화하던 성격이 가시 돋친 듯 날카로워졌다는 말들이 들려왔다.

복지관 사무실에서 훈이 어머니가 고래고래 소리를 지르며 싸우더라는 이야기를 들었다. 분이 안 풀린 채 복도로 나와 땅을 치며 통곡했다고 한다.

우리는 왜 직업을 가지면 안 되느냐고. 수입이 잡힌다고 기초생활수급자에서 탈락시키면 우리 불쌍한 훈이는 어떻게 키우라는 거냐고. 우리 삼남매는 이제 어떻게 살아야 하느냐고.

평소 치료사와 상담할 때도 조곤조곤 큰 소리 한 번 내지 않는 분이 그랬다는 사실을 믿기지 않았다. 그리고 한 달 후 더 믿을 수 없는 일이 벌어졌다.

어느 아침 훈이 어머니는 깨어나지 못했다. 혼수상태로 병원 응급실로 실려 갔고 그게 아이들이 본 어머니의 마지막 모습이었다.

## 혁이에게

아무래도 아직 훈이가 원망스러운가보다, 내가. 그래서 이렇게 형인 너에게 편지를 쓰는 건지도.

혁아, 무슨 말을 해야 할지 모르겠다. 그냥 우리가 좋았던 때에 대해서만 말을 해볼까. 그러니까, 틱 장애를 보이는 너에게 언어치료 수업을 해달라고 네 어머니가 연락해왔을 때. 그래서 일주일에 한 번은 동생인 훈이와 또 한 번은 너와 수업을 하게 되었을 때 말이다.

너는 사랑스러운 고등학생이었다. 착하고 책임감 있으며 차분하고 용감한 아이였던 너는 내가 가장 사랑하는 나이였다. 한창 꿈에 부풀 나이. 세상 밖으로 나가기 전 여린 깃털을 다듬으며 아름다운 활공을 준비할 나이.

우리는 어두운 방에 컴퓨터를 앞에 두고 앉아 이런저런 이야기를 나누었다. 너는 언어적으로 아무런 문제가 없는 평범한 고등학생이었다. 하지만 도움이 필요한 건 분명했고, 그래서 내가 택한 방법은 문제행동에 대처하는 법이 적힌 영어책을 함께 해석하는 것이었다.

네 동생이 소리를 지르거나 물건을 집어던질 때 대응하는 법을 배운다는 명분이었지만, 사실은 그냥 누군가 네 옆에 있고 너를 도와줄 거라는 메시지를 보내고 싶었기 때문이었다.

"저는 좋은 엄마가 아니에요."

언젠가 네 어머니가 이렇게 말한 적이 있다. 아마도 사실이었을 것이다. 훈이에게 몰입하느라 너와 네 동생을 챙길 여력이 없었을 수도 있다. 하지만 나는 생각한다. 좋은 어머니는 아니었을 수 있지만, 사랑하지 않았던 건 아니라고 말이야. 그건 그냥 느낄 수 있다. 비록 스스로를 무너뜨리는 선택을 했지만, 너와 네 동생을 사랑하지 않은 건 아니었다는 걸 정말 확실하게 느낄 수 있다.
그러지 않았다면 네가 물리치료학과에 진학하지 않았을 거라고 나는 생각한다. 너는 취업이 잘되기 때문에 그런 선택을 했다고 했지만 나는 누군가를 돕는 일을 하고 싶었기에 내린 결정이라는 걸 안다. 네가 그렇게 훌륭한 청년이 된 데는 그만큼의 사랑이 있었기 때문이다. 어머니가 돌아가시고 나서 훈이는 시설에 가게 되었다는 걸 알고 있다. 그리고 너는 학교 기숙사로, 막내동생은 위탁시설로 보내졌다는 얘기도 들었다.
혁아, 열일곱은 외로운 나이야. 꿋꿋하게 그 시절을 견딘 네게, 그런 게 있다면 이 세상에서 가장 거대한 찬사를 보내고 싶다. 우린 단단한 사람이 될 거야. 쉽게 깨지지도 않을 거고. 쉽게 자기 자리를 빼앗기지도 않을 거야.
우리가 중심가에 있는 롯데리아에서 팥빙수를 먹었던 날 기억하니? 그때 너는 "선생님이랑 이렇게 나와서 맛있는 거 먹으니까 좋아요"라고 했다. 그때 나는 마음이 너무 아팠다. 그 후로도 팥빙수만 보면 자꾸만 그때가 생각났다.
다음에 만나면 또 한번 시원한 팥빙수를 먹으러 가자. 토핑을 이것저것 얹으면 보기만 해도 기분이 좋아질 테지. 어두운 터널 같은 시절을 빠져나와 너만의 길을 가게 되었으니 어떻게 하면 기쁜 마음이 생기는지 연구해야 해. 그래야, 뒤돌아보지 않을 수 있고 그래야, 하늘나라에 계신 어머니도 기뻐하실 테니.

꼭 누구를 위해서 그런 건 아니야. 우리는 치료사니까. 내가 원해서 누군가에게 도움이 되는 일을 하기로 한 거니까. 정말 나를 기쁘게 하는 일을 많이 찾도록 하자. 그래서 그 기쁨을 다른 사람에게도 전해주는 사람이 되도록 하자.

# 가족이 함께 짓는 집

"석아, 인사드리고 가자."

(침묵)

"엄마, 다녀오겠습니다, 하자."

"다녀오겠습니다."

꾸벅 인사를 마친 석이가 줄넘기와 간식용 크림빵이 담긴 실내화 주머니를 챙겨 들었다. 나는 현관문을 열면서 휴대용 캠코더의 방향을 돌려 아이가 화면 안에 잘 들어오게끔 했다.

"오늘은 계단으로 가볼까?"

"싫어요."

"그럼 오늘도 엘리베이터 탈 거야?"

"좋아요.

"그래, 그럼 어떻게 하고 싶은지 여기 보면서 말해."

"엘리베이터."

"선생님, 엘리베이터 타고 싶어요, 해."

"선생님, 엘리베이터 탈래요."

"좋아, 그럼 여기 내려가는 버튼을 누르자."

이 과정은 모두 녹화되었으며 40분쯤 후에는 우리가 함께 지켜볼 컴퓨터 화면 속에서 재생될 것이었다.

당시 초등학교 입학을 앞둔 석이의 언어발달 수준은 만 2세 수준을 밑돌았다. 집 안에 있는 사물, 동물, 과일 등 친숙한 낱말을 이해하고 있었으며 어른들의 지시를 이행할 수 있었다. 즉, 간단한 문장 정도는 눈치껏 해석할 수준이었다. 표현에서는 낱말과 낱말을 붙여 간단한 초기 문장을 만들 수 있었지만 일상에서는 한 낱말로 자기 욕구를 말할 때가 많았다.

"다섯 살 때 자폐 스펙트럼 진단을 받고 나서부터는 치료실을 많이 다녔어요. 그런데 애가 힘들어하더라고요. 그래도 안 할 수는 없으니까, 뭐라도 해야 하니까 계속 이곳저곳 좋다는 곳을 다녔는데 애가 늘지를 않는 거예요. 화도 나고 그래서 어느 때는 그것도 모르느냐고 윽박을 지르기도 했죠. 지금 생각해도 후회스럽지만, 속도 상하고 힘들기도 할 때여서…. 몇 번 그런 일이 있고 나서는 석이가 대답을 잘 안 하려고 하더라고요."

그래서였을까? 석이는 질문을 싫어했다. 장소와 시간을 묻는 '어디?'와 '언제?' 앞에 서면 겁에 질린 표정으로 "싫어요"라고 말했다. 상대의 물음표를 자신을 공격하려는 무기쯤으로 여기는 듯한 태도였다. 이유는 간단했다. 대답할 수 없는 질문이기 때문이었다.

석이는 자신을 둘러싼 공간과 시간을 특정하는 데 어려움이 있다. 언어적으로 자폐 아이들에게 공간과 시간을 이해시키는 일은 쉽지 않다. 이곳이 '집'이라는 건 알지만 같은 공간이 어떤 때는 '거실'로, 또 어떤 때는 '부엌'으로 불린다는 건 아이들 입장에선 미스터리다.

학습은 보통 그림이나 사진을 보면서 외우는 식으로 이루어진다. 그래서 주방용품이 있고 식탁이 있는 장소는 '부엌'이고 욕조나 변기가 있으면 '화장실'이다. 하지만 어떤 집은 부엌에 식탁이 없고 또 어떤 집은 변기가 있는데도 욕실로 부른다. '공간'이라는 추상을 개념화하는 데는 '경험'이 필요하다.

'시간'은 '공간'보다 더 어렵다. 아침과 점심, 저녁이나 계절을 가리키는 말은 당시의 감각과 현상 등을 종합했을 때 비로소 이해 가능하다. 보통의 아이들이라면 몇 번 만에 배우는 말도 자폐 아이들은 시간이 걸린다. 그보다 몇 배나 많은 경험이 요구되기 때문이다. 석이도 그랬다.

우리가 초기에 했던 주요 활동들은 자기 모습 관찰하기였다. 내가 어디에서 무엇을 했는지를 3인칭으로 설명하는 것이다.

"석아, 이제 우리 동영상 볼 거야. 컴퓨터를 켜요."

캠코더를 컴퓨터와 연결한 후 파일을 열었다. 곧 모니터에 집을 나서는 석이의 뒷모습이 나타났다.

"석아, 여기는 아파트 주차장이에요. 석이가 주차장에 있어요."

설명 후에는 여지없이 질문이 이어졌다.

"석이는 지금 어디에 있어요?"

정지화면 속에 서 있는 사람을 물끄러미 바라보던 석이가 입을 열었다.

"주차장."

"오! 맞아요. 석이가 '지금' 주차장에 서 있어요. 대답을 잘 했어요!"

일주일이 지난 후에 같은 동영상을 보며 다시 질문했다.

"석이 지난 월요일에 뭐 했어요?"

(침묵)

"석이네? 여기 선생님도 있다! (달력을 보며) 지난 월요일에 석이랑 학교에 갔네?"

과거에 있었던 일을 상기하고 동영상을 보며 그때 상황을 머릿속에서 시뮬레이션 하는 활동은 아이에게 '시간과 공간'의 개념을 이해하는 데 큰 도움을 주었다.

우리는 학교 운동장에서 축구를 하고 농구를 했다. 배드민턴, 야구, 훌라후프를 하고 오는 길에 아파트 단지 지하 슈퍼마켓에 들러 아이스크림을 사 먹었다.

마을버스를 타고 마트에 가서 석이가 좋아하는 음식을 구경하기도 했고 어린이도서관을 방문에 책을 빌려오기도 했다. 햄버거 가게에 가서 주문하는 연습도 했고 문방구에서 필요한 물품을 사 오기도 했다. 물론 이 활동은 시작부터 끝까지 고스란히 파일로 저장되었다.

외부 활동과 함께 읽고 쓰기 연습을 병행했다. 신기하게도 석이는 '글자'에 밝았다. 또래들보다 먼저 한글을 깨쳤다. 그래서 초등학교 입학 전에 이미 읽고 쓰기가 가능한 상태였다.

동네 간판을 찍어 와서 함께 읽고 무엇을 하는지 이야기했다. 학교 운동장에서 찍은 사진을 보며 "석이가 선생님과 축구해요"라고 말하며 이를 문장으로 썼다. 마트에 다녀온 뒤 스틸 사진을 프린트해서 나열하고 문장과 연결하는 연습도 했다.

그러면서 부족한 서술어(동사-형용사) 어휘를 늘리고 다양한 문장 형식을 배웠다. 석이의 언어는 조금씩 늘기 시작해서 2년쯤 후부터는 꽤 눈에 띄는 진전을 보여주었다. 당시 기록을 통해 변화의 추이를 보면 다음과 같다.

1년 차: 수용언어 20개월, 표현언어 15개월

2년 차: 수용언어 26개월, 표현언어 16개월

3년 차: 수용언어 49개월, 표현언어 24개월

4년 차: 수용언어 56개월, 표현언어 50개월

석이는 3년 차부터 상당한 진전을 보였고 표현언어가 수용언어 수준으로 올라온 것을 확인할 수 있다. 꾸준한 연습 끝에 석이는 자기가 어디에 있는지, 어디에 있었는지, 그때 무엇을 했는지 말할 수 있었다. 어른들의 질문에도 당황한 기색을 보이는 일이 줄어들었으며 나중에는 더 어려운 질문인 '왜?'

'어떻게?'에도 당당히 대응할 수 있었다.

하지만 한계도 여전했다. 부끄러움을 많이 타는 성격인지라 새로운 친구들과 말을 트는 데 상당한 시간이 걸렸다. 어른들 눈치를 많이 보는 편이라 제때 말 못 하고 참다가 폭발하기도 했다. 하지만 전체적으로 순하고 특별한 문제행동이 없어 무난히 학교생활을 마칠 수 있었다.

초등학교는 일반반에서 1년간 수업을 받았고 이후부터는 줄곧 도움반(특수반)에서 생활했다. 고등학교를 졸업하고 나서는 공립특수학교 취업반인 전공과에 들어갔다. 2년 과정이었고 아마도 지금쯤은 졸업을 앞두고 있을 것이다.

그 과정을 온전히 지켜보며, 장애가 있는 아이를 둔 한 가정이 직면해야 하는 것들에 대해 생각해보지 않을 수 없었다. 상담 시간에 보호자께서 이와 관련한 고민을 털어놓으신 적이 있다.

"큰애를 분가시키고 나면 우리만 남잖아요. 어쨌든 평생을 같이 가야 하는 거니까. 대비를 해야죠. 요즘 그래서 애 아빠 고향 쪽에 땅을 보러 다녀요. 마음 맞는 사람들하고 거기에다 집도 짓고 텃밭을 꾸며 보려고요. 그러면 애가 뭐라도 할 수 있겠죠. 갈 곳 없어서 여기저기 배회할 일도 없고요."

이제 막 고등학교에 들어갔을 때인데도 어머니의 걱정은 아이가 스무 살이 되었을 때, 서른·마흔이 되었을 때를 향하고 있었다.

"나중에 우리 죽고 나면 어떻게 될지가 제일 큰 걱정이에요. 누가 쟤를 보살피겠어요. 형이 있다고 해도 자기 가족들도 있고, 평생 동생 때문에 마음고생한 앤데 걔한테 떠안게 하는 거 자체가 가혹한 일이죠. 사실은 지금이 가장 좋을 때예요. 학교도 다니고 나라에서 지원도 해주고 할 때가요. 앞으로가 큰 일이죠…."

안타깝지만 현실이 그랬다. 발달장애인들은 학교를 떠나면 모든 지원이 끊긴다. 그래서 많은 부모가 어떻게든 오랫동안 학교에 머물기 위해 애쓴다. 하지만, 언젠가 그곳을 떠나 황량한 세상으로 나가야 한다는 것을 안다.

나는 구성원 어느 한 사람에게 모든 책임을 전가하지 않는 가족 내에서 자란 아이는 어떻게든 잘 성장하더라는 말씀으로 위로를 전했다. 사실이 그랬다. 경험상 부모 사이가 좋고 함께 고민하고 양육의 책임을 나누는 가정은 아이의 문제행동도 적고 발달도 좋았다. 아이의 신체·인지·언어·사회성 수준과 상관없이 그랬다. 생각해보면 당연한 일이다.

치료 수업에 아이를 데리고 오는 사람은 90퍼센트 이상이 아이 어머니이다. 활동보조 선생님이나 조부모가 데려온다 해도 상담은 어머니와 한다. 즉, 장애 아이의 보육 책임자가 대부분 여성이라는 뜻이다. 나쁜 상황은 어머니가 아이를 떠안으면서 가족 내에서 격리되는 일로부터 생긴다. '네가 알아서 하라'는 메시지다.

어머니와 아이는 소외되고 심적으로 지쳐간다. 미안한 마음이 쌓이고 무기력에 잠식당한다. 이런 상황에서 아이가 좋아질 리 없다. 장애인과 함께하는 사람은 주변으로부터 특히, 가장 밀접한 관계인 가족의 지지를 받아야 한다. 내가 지금 하는 고민, 불안과 공포를 나눌 수 있는 사람은 회복할 수 있다. 지치지 않고 차근차근 목적지를 향해 갈 수 있다. 그리고 그 안에서 행복과 보람을 찾을 수 있다.

석이 아버지와 어머니, 석이와 석이 형, 네 식구는 지금까지 그래왔듯이 흔들림 없는 행복 안에서 각자의 삶을 살아갈 것이라고 나는 확신한다. 석이가 보여주었던 많은 변화가 그 증거다.

아이들은 자기가 속한 환경에 대해 많은 것을 말해준다. 석이의 말, 무언가 새로운 것을 깨달았을 때 지어 보이던 표정,

대화를 나눌 때의 눈빛 그리고 손짓 하나하나에는 그동안 가족들이 기울였을 무수한 노력과 눈물, 때로 느꼈을 고통과 후회가 담겨 있다고 나는 생각한다. 그러니 석이는 행복한 사람이 될 것이다.

## 석이에게

형은 잘 지내느냐고 물으면 너는 "그럼요. 잘 지내요"라고 말했지. 지난주에 휴가를 나와 함께 저녁 식사를 하러 갔다고 했을 때 나는 "형이랑 있는 게 좋아?"라고 물었고 너는 또 "그럼요. 좋아요"라고 했다.

직업군인이 되었으니 지금쯤 전방에서 열심히 나라를 지키고 있겠구나. 형이 없는 나로선 네가 부럽다. 네가 든든하게 의지할 수 있는 사람이니까. 그런데 석아, 기억하니? 예전에는 형과 사이가 좋지 않았다는 걸.

형은 부모님이 안 계실 때 몰래 너를 꼬집기도 했다. 수업을 하고 있으면 몰래 다가와 네 흉을 보기도 했다. 형은 네가 특별 대우를 받는다고 착각했던 모양이야. 어느 날은 공을 들고 학교 운동장에 가는 우리를 따라오려고도 했다. 그래서 어머니께 양해를 구하고 셋이서 함께 아파트 공터에서 야구를 한 적도 있었지.

어머니께는 형제 간 소통하는 법을 배우는 시간이라고 했지만 사실은 그냥 네 형이이랑 너랑 공을 주고받고 싶었다. 물론 형 입장에서는 성에 차지 않았을 거야. 신나게 야구를 하려고 해도 석이 너는 배트를 휘두르는 법도 몰랐고, 공이 저 멀리 굴러가도 주워오는 법이 없었으니까. 하지만 우리는 최선을 다해서 서로가 즐거워지기 위해 노력했다. 내가 해야 할 말을 네 형에게 대신 시켜서, 평소 친하지 않은 너희가 어떻게든 서로 말을 붙여보게도 했고.

그래도 지금 생각해보면 무척 좋은 시간이었다. 하늘은 파랬고 그날따라 공터에는 우리만 남아 있었다. 석이는 평소 무서워하던 형에게 공을 던지며, 어떻게 나오나 가만히 서서 기다렸다. 그러면 형은 짐짓 어른스럽게 웃으며 공을 되돌려주었지. 그랬던 네 형이 벌써 이십 대 중반이 되었다니, 믿기지 않는다. 하긴 너도 벌써 스무 살을 훌쩍 넘겼으니.

지금쯤 너는 시골 한적한 마을에서 강아지들을 쓰다듬고 있을지도 모르겠구나. 주말이면 엄마, 아빠와 함께 친할아버지가 계시는 동네에 놀러 가곤 했잖아. 그곳 주변에 미리 마련해둔 땅에 집을 짓고 있을지도 모르겠다.

너는 음악을 듣는 걸 좋아하니까 따로 음악 감상실을 만들고 외벽을 바깥 풍경이 잘 보이는 통유리로 꾸민다면 멋지겠다. 하지만 마냥 놀고만 있어서는 안 돼. 휴가를 나온 형을 맞이할 수 있도록 음식 재료도 미리 준비해놓고, 흙먼지도 깨끗이 닦아야지. 말끔하게 정리된 네 방에서 형과 머리를 맞대고 잠잘 준비를 해야지. 노래를 들으며 어둑해진 하늘 위로 솟아오르는 별들도 구경해야지. 바깥으로 나가 풀벌레 소리를 들을 수도 있겠다. 근방에 개울이 있으면 더욱 좋고.

너희 형제가 커갈수록 부모님은 나이가 드신다. 둘이 다정하게 지내는 모습을 보는 기쁨을 드릴 수 있기를. 석이 너도 그게 부모님이 가장 원하는 거라는 걸 알고 있기를 바란다. 앞으로 두 사람이 함께할 시간이 많이 남았으니까.

나중에, 기회가 되면 놀러 갈게. 오랜만에 만나면 조금 어색하겠지. 용기가 나지 않을지도 몰라. 고백하지만 나도 너만큼이나 부끄러움을 많이 타는 사람이란다. 물론, 그래도 문제없이 어른이 됐어.

석아, 너는 내가 치료사로서 가장 오랫동안 만났던 사람이야. 시간으로 치면 얼마나 될까. 한 800시간쯤? 나중에는 조금 지치기도 했지만, 그래도 최선을 다했지. 그것으로 나는 만족해. 그동안 네가 성장하는 모습을 지켜볼 수 있어서 행복했다. 사실은 이 말을 하고 싶어서 편지를 썼단다.

# 우리가 그린 행복의 모양

"돼지를 골라요."

"돼지를 골라요."

수업 초기 한이의 특징을 세 가지 들라고 하면 첫째가 '모방'이다. 상대가 방금 한 말을 그래도 따라 하는 경향이 강했다.

"한이야, 한이는 햄버거가 좋아, 피자가 좋아?"

"피자가 좋아요."

"그럼 한이야, 한이는 피자가 좋아, 햄버거가 좋아?"

"햄버거가 좋아요."

두 번째는 청각적 기억력이었다. 한이는 상대의 말을 모방하되 상대가 말하는 맨 마지막 구절을 되풀이하는 경향이 있었다. 문장 전체를 기억하는 데 어려움이 있다는 뜻이었다.

세 번째는 시각적 변별의 어려움이었다. 한이는 내가 든 카드와 모양이 일치하는 카드를 골라내는 일에 서툴렀다. 색과 모양이 복잡한 것일수록 어려웠고 네모-네모 식의 매칭은 일부 가능했다.

주 양육자인 어머니께 질문지를 드려 한이의 언어 수준을 평가했다. 결과를 보니 한이는 20~24개월 수준의 수용-표현 언어발달을 보인다. 그러나 치료사가 보기에는 그보다 낮은 수준이 아닌가 의심되었다. 모방이 활발한 아이들은 실제보다 높이 평가되는 경우가 많다. 즉, 알고 하는 말이 아닐 수도 있다는 뜻이다. 어쨌든 당시 초등학교에 입학한 상태였던 한이는 또래에 비해 현저하게 언어발달이 지체되어 있었고 자폐성 아이들의 특징인 상동행동이 눈에 띄게 빈번했다.

손가락을 눈앞에서 모아서 흔들었는데 이는 반복적으로 시각 자극을 즐기는 것으로 형태 변별의 미숙함과 더불어 시각적 정보 처리 이상을 암시했다.

이에 소리와 형태에 대한 인지와 변별, 이를 통한 낱말 습

듯, 단순 모방을 문장으로 늘려가기를 목표로 삼았다. 또한 '지금 이곳', 행위-행위자 등을 인식하여 "누구?" "어디?"와 같은 간단한 질문에 답하는 연습도 필요했다. 무엇보다도 현재 일부 가능하다고 여겨지는 기본적 의사소통 기능(요구하기-선택하기-거부하기 등)을 증진시키는 데 주력하기로 했다. 그러나 생각대로 순조롭게 진행되지는 않았다.

수업이 집에서 진행되는 만큼 장애물이 많았다. 한이는 방에 있는 컴퓨터로 지뢰 찾기 게임을 하는 걸 너무도 좋아했다. 그러니까 앉아서 수업을 하다가도 멋대로 컴퓨터를 켜고 마우스를 눌러댔다. 게임 규칙을 이해하고 지뢰를 피해 다니며 과제를 해결하는 것 같지는 않았다. 그저 클릭할 때마다 나는 소리, 꽝 하고 지뢰가 터질 때의 화면 변화 등을 즐기는 식이었다. 중요한 건, 한이가 컴퓨터를 켜고 부팅하기를 기다렸다가 시작 화면을 누르고 보조프로그램에 들어가서 지뢰 찾기를 실행하는 전 과정을 스스럼없이 할 수 있다는 점이었다.

패턴화되었다면, 그리고 본인이 하고 싶은 일이라면 학습하는 데 문제가 없다는 점을 암시했다. 그러나 일단은 치료사와 둘만의 시간에 집중할 수 있어야 했다. 할 수 없이 비어 있는 다른 방에서 문을 걸어 잠그고 수업을 했다. 당연히 거부 행동이 있었다. 한이는 방 여기저기를 돌아다녔고 치료사가 제시하는 플래시카드를 바닥에 내팽개쳤다(다행히 찢지는 않았다!). 난감한 상황이었다.

돌파구는 뜻하지 않은 상황에서 나왔다. 나는 나도 모르게 한이의 행동을 모방했다. 내가 들고 있던 플래시 카드를 바닥에 내팽개친 것이다. 그러자 한이가 멈칫하더니 나를 쳐다본다. '뭐지, 얘는?' 하는 얼굴.

기회가 온 것 같았다.

"사과 버려요."

나는 이렇게 말하고 바닥에 있던 사과 카드를 주웠다가 다시 바닥에 던졌다. 다음은 한이 차례.

"사과 버려요."

한이는 내가 했던 행동과 말을 모방했다! 그 후 카드 바닥에 내팽개치기는 한이를 사로잡았다. 그림 짝 카드를 가져와 같은 카드를 하나씩 나누어 가졌다.

"자동차 버려요."

"자동차 버려요."

"헬리콥터 버려요."

"헬리콥터 버려요."

"한이야 이게 뭐야?"

"이게 뭐야?"

"아니, '자전거'라고 말해."

"'자전거'라고 말해."

"다시, 자전거."

"자전거."

"자전거 버려요."

"자전거 버려요."

수업이 끝날 무렵에는 바닥에 그림 카드가 수북이 쌓였다. 그걸 하나하나 정리하면서 괜히 기분이 좋았다. 뭔가 방법을 찾았다는 느낌. 한이에게 인정받은 듯한 느낌. 내가 괜찮은 치료사라는 느낌이 퇴근길을 행복하게 했다.

그림 카드는 글자 카드로 바뀌었고 시간이 지나고는 한이가 직접 글자를 적어가며 문장을 배울 수 있는 상태가 되었다. 단순 모방이 사라지고 누구와 함께 있는지, 지금 어디에 있는지 대답할 수 있을 만큼 말이 늘면서 본격적으로 대화문 익히기를 연습했다.

내가 찾은 방법은 상황별 대화를 통째로 외우는 식이다. 예를 들어 길을 찾는 상황이라면 다음처럼 역할을 정하고 대화를 주고받는다. 나는 안내자. 한이는 여행자.

"안녕하세요. 무엇을 도와드릴까요?"

"서울역에 어떻게 가요?"

"서울역에 버스를 타고 가요."

"몇 번 버스를 타고 가요?"

"100번 버스를 타고 가요."

"아, 그래요. 감사합니다."

인터넷에서 찾은 외국인 대상 한국어 회화 MP3 파일을 유용하게 활용했다. 한 단락씩 듣고 나서 방금 들은 내용을 말한다. 모방할 때도 뒤 구절만 가능했던 한이로서는 쉽지 않은 과제였다. 그러나 듣고-말하기-듣고-말하기를 반복하다 보니 나중에는 두 문장까지 주고받을 수 있었다. 형태 변별도 이전보다 좋아졌다. 처음에는 돼지와 고양이를 구분 못 했지만 나중에는 외곽선만 보고도 해당 동물의 이름을 말할 수 있었다.

한이가 사는 집이 시장 근처라 배울 것이 많았다. 우리는 시장에 가서 가판대에 널린 생선을 구경하면서 이름을 하나하나 말했다. 골목 곳곳에 있는 옷가게, 세탁소 등에서는 밖에 걸린 옷의 종류와 색깔을 배울 수 있었다. 간혹 한이 친구들이 지나가나 알은체를 했다. 나는 "친구들아, 안녕?" 하고 말했고 뒤이어 한이가 "안녕"이라고 말했다. 아이들은 고개를 갸우뚱하더니 가방에 매달린 인형을 짤랑거리며 가던 길을 갔다. 그러는 동안에도 한이는 낱말들을 머릿속에 담았던 모양이다. 나중에는 시장에서 배운 말들을 제법 사용할 수 있었다. 그렇게 성과들이 차곡차곡 쌓여가면서 12년의 시간이 지났다.

공립특수학교 고등부를 졸업한 한이는 취업반인 전공과에 들어갔다. 그 후 특별한 소식을 듣지는 못했다. 2년 과정의 전공과를 졸업하면 일부는 바리스타나 서빙 등 아르바이트 일자리를 얻기도 하고 또 일부는 조립 일을 소개받기도 하지만, 중증 장애에 속하는 한이로서는 어려워 보였다. 아마도 대부분 시간을 집에서 보내면서 가끔 장애인복지관의 성인 대상 프로그램에 참여하는 정도가 지금의 생활은 아닐지.

그러다 언젠가 복지관에서 우연히 한이 어머니를 만났다. 한이는 잘 지내는지 어머니에게 물었다.

"그럼요. 많이 변해서 선생님, 못 알아보실 거예요."

어머니는 그렇게 대답하시면서 다른 할 말이 있는지 잠시 망설였지만 더는 말씀이 없었다. 나는 화제를 돌려서 "형은 어때요?"라고 물었다.

"이번에 취업했어요."

어머니의 표정이 밝게 변한다.

"와! 너무 잘됐어요. 예전부터 공부를 잘했잖아요. 이제 효도할 일만 남았네요."

한이가 자기 컴퓨터를 켜고 부산을 떨 때마다 그러면 안 된다고, 거의 포기한 듯한 얼굴로 말하던 한이 형이 벌써 대학을 졸업하고 군대를 다녀오고 직장인이 되다니. 나는 짐짓 놀랐지만 그건 너무도 당연한 일이었다. 세상은 제 속도에 맞춰 가고 있다. 한이가 더디 성장한 것뿐이다.

어머니와 인사를 나누고 헤어졌다. 한이는 지금 어디에 있을까. 마주친다면 나를 알아볼까. 문득 궁금해졌다.

복지관 복도에 걸린 그림들 사이를 걸어가며 생각했다. 세상은 알 수 없는 질문들로 가득 차 있다고. 그중엔 한이가, 내가 올바르게 대답한 것도 있을 것이라고. 누가 더 많은 답을 찾았느냐는 중요하지 않다. 성실하게 진심으로 질문들과 마주했다는 것만으로 충분하다. 그림 속에서 아이들이 그린 수십 개의 얼굴과 집과 산, 하늘, 나무와 들판이 웃고 있었다.

문득 한이와 함께했던 시절, 그때 우리가 그렸을 행복의 모양이 궁금해졌다.

## 한이에게

그날, 그러니까 첫 수업이 있기 일주일 전 꿈을 꾸었다. 지금은 기억나지 않지만 뭔가 이야기가 진행되고 있었고 나는 중간에 꿈에서 깨고야 말았다. 마치 누군가 찬물이라도 끼얹은 것처럼 벌떡 자리에서 일어섰지. 방 안은 어두컴컴했다. 꿈속에서 들리던 소리도 사라진 지 오래였어. 비몽사몽간에 걸음을 옮기던 나는 그만 발을 헛디디고 말았다. 짧은 추락이 있었고 동시에 오른쪽 발끝으로 강한 통증이 느껴졌고 급기야 소리를 지르고 말았지.

다음 날 퉁퉁 부은 발을 끌고 정형외과에 갔다. 담당 의사는 엑스레이 사진을 한참 들여다보더니 이렇게 말했다.

"뼈가 산산조각 났어요."

나는 한동안 멍한 상태로 있었다. 도무지 말이 되지 않는 상황이었으니까. 당장 다음 주에 출근해야 하는데….

전치 8주 진단을 받고 병원 밖으로 나오는데 눈앞이 깜깜했다. 이런 일이 하필이면 왜 지금 내게 생겼는지 알 수 없었다. 하늘이 원망스러웠지. 센터에 전화를 걸어 두 달간 수업을 쉬어야겠다고 말해야 할지 고민했다. 하지만, 그건 불가능했어. 누가 그 시간을 기다려줄까.

출근 첫날, 정류장에 서 있던 나는 도착한 버스의 문이 열리기를 기다렸다가 목발을 움직여 가까스로 출입 계단을 올라갔다. 사람들은 내가 빨리 앉을 수 있도록 앞자리를 양보해주었지. 너무 불편하고 고통스러워 고맙다는 인사조차 할 생각을 못 했다. 비좁은 좌석에 앉아 배낭을 내리고 깁스한 다리를 이쪽저쪽으로 옮기며 겨우 자세를 바로잡을 수 있었다. 지하철역에 도착해서는 절망과도 같은 계단을 지났다. 그렇게 두 번 지하철을 갈아타고 또 한 번 버스를 타고서야 마침내 목적지에 도착했다. 3층 출입문 앞에서 숨을 몰아쉬며 벨을 눌렀다. 예정된 시간보다 무려 20분이나 늦어 있었다. 첫 대면인데 벌써 이러면 어떡하나 싶어 안절부절못하는데 문이 열렸다. 방문객의 상태를 확인한 네 어머니는 조금 놀란 눈치였어. 나는 얼른 설명드렸지.

"원래 장애가 있는 건 아니고요. 골절상을 입어서 임시로 깁스를 했습니다. 병원에서 한 달쯤 지나면 반깁스를 할 수 있을 거라고 해요. 그러면 목발이 필요 없죠. 오늘은 초행길이라 늦었지만 다음에는 제시간에 방문드리도록 하겠습니다."

그랬는데 나중에 생각해보니 마치 장애가 있으면 큰일이라도 날 것처럼 말한 것 같아서 후회스러웠다. 어쨌든 어렵게 시작한 첫 수업이었고 그때 만난 사람이 바로 너였다.

그날 좁은 거실을 비추던 은은한 햇살이며 형과 네가 같이 쓰던 방의 오래된 가구 냄새, 그런 것들이 얼마나 정다웠던지. 나는 그만, 해야 할 일을 잊은 사람처럼 한동안 넋 없이 앉아 있었다. 하지만 '이 침입자는 대체 누구지' 하는 얼굴로 내 주위를 빙빙 도는 너의 존재를 알아채곤 곧 긴장했지.

가방에서 준비한 교구를 꺼내고 내 이름을 말하고 네 이름을 물었다. 놀랍게도 너는 "한이요"라고 대답했는데 그건 네가 패턴화된 상황을 아주 잘 기억한다는 뜻이기도 했다. 그래서 "너는 이름이 뭐니?" "형 이름은 뭐야?" "이건 이름이 뭐니?"라는 질문에도 똑같은 대답을 했지.

퍼즐 조각을 찾아 제자리에 놓고 보드 판에 이것저것 그림을 그리는 동안에도 너는 제자리에 있지 않았다. 나는 하는 수 없이 네가 그렇게도 원하던 지뢰 찾기를 하기로 했지. 대신 나의 요구를 들어주는 조건이었다. 글자 조각 하나 끼워 넣으며 '기역'이라고 말하기. 그림을 그리고 나서 '사과'라고 말하기였다. 너는 어렵지 않게 내 요구를 들어주었고 그 후엔 금방 지뢰가 터지고야 말 게임을 손뼉을 쳐가며 열심히 했다. 그게 우리의 첫 장면이야.

한이야, 처음은 오래 남는다. 너의 이름과 네 집은 나의 오랜 언어치료사 생활의 시작을 알리는 첫 페이지로 기억되어 있어. 앞으로도 영원히 그럴 것 같다(물론 그전에도 아이들과 만나서 언어치료 수업을 했다. 하지만 나를 기다리는 누군가를 찾아가서 수업하는 일은 그때가 처음이었어. 더구나 배낭을 메고 목발을 짚은 채로 말이야).

내가 너를 처음으로 기억하는 걸 허락해주기를 바라는 마음이야. 그래서 이 편지를 쓴다.

세상은 지뢰밭이라고 얘기하는 사람들이 있다. 그럴 때마다 나는 네 이야기를 해주곤 해. 내가 아는 어떤 사람은 그런 것 따위를 두려워하지 않는다고. 즐거운 마음으로 터뜨리고 또 터뜨린다고 그래도 게임은 계속되고 삶도 지속된다는 걸 아는 사람이기 때문에 그럴 수 있다고. 우리는 그런 사람을 본받아야 한다고 말이야.

그럼, 또 만나자. 한이야, 그동안 진심으로 즐거웠다. 너도 그랬다고 나는 믿고 있어. 앞으로도 행복하렴.

언어치료사 김지호 드림

# 언어가 숨어 있는 세계



초판 1쇄 인쇄 2023년 2월 14일
초판 1쇄 발행 2023년 2월 20일

지은이 김지호
펴낸이 이상훈
편집인 김수영
본부장 정진항
편집1팀 김진주 이연재
마케팅 김한성 조재성 박신영 김효진 김애린 오민정
사업지원 정혜진 엄세영

펴낸곳 (주)한겨레엔 www.hanibook.co.kr
등록 2006년 1월 4일 제313-2006-00003호
주소 서울시 마포구 창전로 70(신수동) 화수목빌딩 5층
전화 02) 6383-1602~3 팩스 02) 6383-1610
대표메일 book@hanien.co.kr

ISBN 979-11-6040-953-6 03810